主编 凌翔

蹚过月亮河的女人

沈玲萍 著

花山文艺出版社

图书在版编目 (CIP) 数据

蹚过月亮河的女人 / 沈玲萍著 . -- 石家庄：花山
文艺出版社，2024.5

ISBN 978-7-5511-6999-8

Ⅰ.①蹚… Ⅱ.①沈… Ⅲ.①长篇小说—中国—当代

Ⅳ.① I247.5

中国国家版本馆 CIP 数据核字（2024）第 014142 号

书　　名：蹚过月亮河的女人
　　　　　TANGGUO YUELIANG HE DE NÜREN
著　　者：沈玲萍

责任编辑：梁东方
封面设计：袁　原
美术编辑：王爱芹
出版发行：花山文艺出版社（邮政编码：050061）
　　　　　（河北省石家庄市友谊北大街 330 号）
销售热线：0311-88643299/96/17
印　　刷：三河市中晟雅豪印务有限公司
经　　销：新华书店
开　　本：710 毫米 × 1000 毫米　1/16
印　　张：13.5
字　　数：200 千字
版　　次：2024 年 5 月第 1 版
　　　　　2024 年 5 月第 1 次印刷
书　　号：ISBN 978-7-5511-6999-8
定　　价：59.80 元

序

　　普鲁斯特说，小说并不能帮我们解决生活中的实际问题，但却有如一面生活的镜子。小说的意义在于，时刻提醒人们，在理性之外，还有真实的生活体验。每一种生活体验，都有其独特的价值。小说呈现了众生百态，有亲情、友情、爱情……在小说中，人们可以看到感动、遗憾、相聚、分离，我们跟着书中的主人公，时而欢喜，时而悲伤，这亦是体验生活的另一种方式。

　　时间回到二十多年前，刚上高一的某堂自习课的傍晚，好友仙丹跟我提到了她的语文老师韩老师，是一位非常有才华的老师。仙丹的话引起了我浓厚的兴趣，我便托她转交了一篇自己的文章给韩老师。彼时，我与韩老师并未谋面，然而韩老师对我的文章的剖析，直击心灵，我想再也没有人比他更懂我的文字了。并且他能从我的文字中读出"我并没有读过太多的书"。说来惭愧，时至今日，我依然没有读过太多的书。然而又是韩老师的一句"她是我见过的这么多学生中最有写作天赋的人"，这两句话都是由仙丹转述于我，也许有出入，却成了一直支撑我坚持写作至今的动力。后来我更是有幸，成为他的学生。二十几年过去了，我与韩老师虽然鲜有联系，却未被岁月冲淡分毫情谊。这一本小说的出版，韩老师亦提供了很多可贵的参考意见和建议。

转眼已到了不惑之年，在经历了人生的起伏，看透了人情的冷暖后，我年少时期未曾实现的"文学梦"，竟又悄悄探出萌芽。不管身处何种阶段，都不应该让自己的人生留下遗憾，有了想法就去付诸行动。曾经我觉得文字让我痛苦，我打着"过正常的生活"的幌子远离文字，而现在我感受到了自己满满的表达欲，渴望让心中的人和事变成我笔下一个个故事，与众分享他们的悲欢离合。我开始报名写作培训班，很庆幸我遇到了沉香红老师，一位"勇闯非洲的陕西三毛"，她是继韩老师之后第二位给予了我肯定及鼓励的老师。在小说的创作与写法上，沉香红老师给我提了很多宝贵的建议。可以说，这两位老师是支撑着我一路坚持走下来的最坚强的动力。是他们，给予了我莫大的勇气与信心。

谨以此小说集，感谢韩柏林老师与沉香红老师。

目　录

合租者

1

门忽然被打开，一个女人闯了进来。女人拖着笨重的行李箱，试探性地往笑梅的房间探了一下身体，发现里面有人后，转身进了另一个房间，嘭的一声把门关上了。笑梅正在厨房里炒菜，老式的抽油烟机轰轰地响着，依然有油烟弥漫在厨房上空。很多时候就是这样，明明已经尽力了，结局还是不尽如人意。抽油烟机已经跟这座房子一样老旧了，它身体里的某个零件正在缓慢地退化。锅具是新买的，橱柜里的碗筷笑梅不敢动，她背着婆婆添置了一套新的碗筷。然而婆婆是节俭惯了的，她惊叹于厨房用具已经这么齐全，笑梅竟然多此一举地全都换了新的。婆婆的脸色就像她身上某个坏掉的器官一样迅速垮下来，经久的病痛让她变得像风干的枯叶一样脆弱敏感。她又在跟笑梅传授"节俭经"了。年轻人到底不知道节约，出门在外，连一张卫生纸都是要钱的，金钱以秒的速度在流逝。

婆婆不识字，用她的话说，是连校门口都没有进过的。就是这个都不知道校门口朝哪个方向的女人，一手带大了她的两个弟弟。婆婆幼年丧母，小的时候又当妈又当爹，生活并没有向婆婆露出善意的一面。

在那个低矮潮湿的木房里，昏暗的灯光下，靠墙的床黑乎乎的，让母亲惨白的脸显得特别突兀。她已经瘦得不成样了，躺在床上，就像一具骷髅裹着一副皮囊。这个女人，在她生命的最后时刻，悲悯地抚着她女儿的头，从枕头底下掏出几枚银圆。

婆婆经常跟笑梅描述这样一幅场景，一个被病痛折磨得形容枯槁的女人，临死前仍惦记着她那未成年的女儿。

女人说，这几个银圆，你偷偷收着，别被你父亲发现。

母亲走的时候婆婆只有十多岁，她过早地承担起了照顾她年幼的弟弟的重担。父亲终日流连于赌坊，给予孩子的关爱少之又少。婆婆经常为了下一顿吃什么而发愁。她去赌坊找父亲。父亲的脾气阴晴不定，赢了的时候一高兴给的钱多一点儿。输了的时候就会咒骂女儿的出现坏了他的牌运。

笑梅的眼前经常浮现出一只女人枯瘦的手，那只手里晃着几枚白晃晃的银圆。

女人说，从此以后你就一个人了。

婆婆躺在门口的躺椅上，微眯着眼睛，洒落到她身上的阳光，让她脸上的皱纹看起来愈发深了几分。

婆婆说，后来那几个银圆啊，全被她父亲拿去赌了。

门外有几只麻雀掠过，有一只不知怎地飞到了房间里，横冲直撞了一番，又飞了出去。婆婆瞟了一眼门对面的绿化带。门口的草坪黄了又绿，还是有点儿期盼的。

关于母亲的最后的一点儿念想，被父亲掐断了。

婆婆卖过水果，每天天不亮就推着手推车出门，要赶一个多时辰的路，去水果批发市场进一些时令水果。生意好的时候，往往一车能卖完。婆婆的钱袋里全是些小面额的纸币，它们被码得整整齐齐。婆婆从小就养成了精打细算的习惯。

婆婆结婚以后，就跟着丈夫做起了卖石油的营生。那个时候还没有加油站，车辆也没有像现在这样普及。一桶桶的石油被放置在后门临时搭建的仓库里。仓库的顶部，搭着几根空心板。站在屋顶，可以看到一桶桶黑得发光的石油。婆婆很会做生意，有几次司机向婆婆讨要水喝，她发现了商机，开始烧开水，存放在壶里，招待来往的过客，一碗水一分钱。

婆婆说，你别小看这些小钱，一天下来，买菜的钱就有了。

当命运看似以美好的轨迹向前行进，意外却躲在暗处，轨迹朝着相反的方向，撕开一条突兀的缺口。某个再寻常不过的日子，门口的麻雀在树枝与天空之间划出一道道弧线，微风轻拂着马路边的桂花树。后门的油库忽然冒起一股浓烟，紧接着便是炸裂的声音，响彻云霄。在那场意外事故里，婆婆失去了她的丈夫。

婆婆说当时她刚好站在门口，一转头一声疾呼，着火了！在楼上的丈夫听到了赶紧跑下来，人刚一冲进去，轰隆一声，漫天红光像喷涌的鲜血，遮住了天空的太阳。

幼年失母的婆婆，在中年的时候，又失去了丈夫。

婆婆对笑梅形容了无数次这样的场景，等到大火扑灭，她看到了灰烬中的丈夫，他被压在一张空心板下面，焦黑焦黑的，烧得只剩小小的一团。

婆婆说，这个死鬼，他还穿着那件皮夹克，这在当时来说可不便宜。皮夹克的兜里还夹着几张钞票。这个短命的死鬼！

婆婆一个人撑起了这个家。她带着年幼的儿女，开始了艰难的生活。家已经被大火付之一炬，一切得从头开始。年少时失去母亲的庇护，到了中年，又失去丈夫的庇护，这场景何其熟悉，似曾相识。

婆婆说，命，这一切都是命！

婆婆这一生都很要强，为了生活，她扛过水泥，摆过地摊。卸货的时候，婆婆时常被人欺负，一个女人趁婆婆不注意，冷不丁地抬起脚，将婆婆绊倒。类似的事情还有很多，婆婆选择了隐忍，因为她知道，她的身后，再也没有依靠了。

2

婆婆老了，到了本该享福的年龄，她身上的病痛却像一块出现斑点的腐肉，急速糜烂。现在，她跟笑梅来到 S 市，她身体内的某个组织背叛了她，她不得已，已决心要将它从体内剔除。之所以选择 S 市，是因为它是大都市，医疗设备以及医生的技术远比老家的先进。这一点儿从每天医院门口以及大厅熙熙攘攘的人群就能看出来。只有在这里，人们以病痛的方式将自己毫无保留地展示。人们去菜场买菜会砍价，去商场购物会还价，而只有在医院，人们争相为自己坏掉的身体部件排队买单，这里没有促销，没有折扣，人们乖乖地奉上荷包，怀着重生的愿望。婆婆一辈子都没离开过生养她的地方，身体的病痛加上饮食的差异，让她很是焦虑，且日渐憔悴。她的身体就像毁坏的房子，四处漏风。

同样焦虑的还有笑梅，医院每日的账单，出门在外每日的开销，这些都让笑梅的神经变得纤细，但是笑梅不能流露出来，病痛让婆婆的脾气变得阴晴不定，愈发孩子气。笑梅在婆婆面前一直小心翼翼，处处赔着笑脸，尽着做儿媳的职责。笑梅的老公，何光荣，在一家公司当销售经理，一个月里只有六天的休息时间是能见得到他人的。然而即便休息在家，这个男人不是躺在床上就是蹲在马桶上，要不就是跟所谓的朋友出去喝酒，三更半夜，酩酊大醉地回来。这个公事繁忙的业务经理，在得知母亲生病后，酒喝得更勤了，他每次不是红着脸回来就是抱着酒瓶子回来，时刻泡在酒精里。

清醒的时候他就跟笑梅说，梅，我的母亲就靠你了。你知道的，我工作繁忙，一睁开眼就是业绩指标，并为此每天都得奔跑在路上。

何光荣带着一身酒气走了。他的口头禅就是，业绩都是酒喝出来的！他说，不挣钱，我拿什么给母亲治病。

笑梅心疼婆婆，于是，她将孩子托给了母亲，带着婆婆走上了求医之路。

在这个有名的医院附近，笑梅觉得能找到房子和婆婆安身，已经很满足了。

隔壁的房客又换了。钥匙在锁孔里扭动，房门被打开的一瞬间，笑梅就嗅到了陌生的气息。这次是一个高大的女人，女人正在厨房炒菜，她熟练地翻炒着锅里的菜，一脸漠然。笑梅一眼看到她用的是自己新买回来的锅。两个女人无声的眼神交流，算是打过招呼了。吃过晚饭，女人敲开了笑梅的房门，递给了笑梅一袋小番茄。

啥病？

笑梅看着躺在床上的婆婆，婆婆因为水土不服，经常动不动就闹着要回老家。

子宫癌。

哦，女人探头看了一眼房内，子宫癌啊！

似是又轻叹一声，我家的肺癌，中晚期，得了这样的病，也是半条命没了，也许最后人财两空吧，人也治不好，钱也花完了，但是，又不能不治啊。

两个女人在门口小声地叹息了一会儿，都不想惊动自己房间内的病人。

这座无声的房子，每隔一段时间就会换一个新的主人，它见证了太多的悲欢离合。房间里的床，接纳了一个又一个求医的人。新的影子与旧的影子在床上重叠着，勾勒出满怀希望而又绝望的世间百态。这里没有欢歌，只有最残酷的现实。房间里弥漫着被死神光顾过，发霉的压抑的气息。

笑梅不知道原来的房客是什么时候搬离的，也许是某个无声的夜晚。一个人的离开，就像一片叶子的凋零。这并不妨碍树本身继续生长。那个曾在无数个深夜低声痛哭的女人不见了。笑梅路过房门时不止一次听到低沉压抑的哭泣声。女人一个人在外求医，丈夫在老家，为着生计，为着孩子，也或许是为了新的生活。一个女人倒下了，便很快会有另一个女人来代替她。女人身上的癌细胞已经扩散，她在做最后的疲乏的抗争。她还年轻，她不甘心，她担心自己的孩子被别的女人虐待。她就像一只病了的蜘蛛，结的网已经越来越细，在阳光下泛着透明的光，随时会断裂。女人不在厨房做饭，这多少让笑梅松了一口气。笑梅同情她，同情每一个入住到房间里的人，但是她又充满了恐惧，癌细胞会跑，它们长了腿，吸附在餐具上，到处都弥漫着携带了癌细胞的微粒，它们在空气里飘散着，哪儿都是。笑梅为自己夸张的想法感到紧张与不安，这种零距离的接触给她带来压力，仿佛女人身上的癌细胞以空气为媒介，跳到她身上安了家。

隔壁的房客隔一段时间就换一个。每当出现新的面孔，婆婆就会变得喜怒无常，开始躺在床上骂，天诛的娃，把我弄到这里来，趁早给我买票回去！

笑梅能理解婆婆想回家的心情，婆婆在老家待了一辈子，她已经习惯了老家的水土，老家的根已经扎进她身体里。现在她的身体坏了，烂也要烂在老家的泥土里。

3

在 S 市，在这个著名的医院门口，有这样一群人，他们靠租赁医院附近的民房为生。刚来到 S 市时，笑梅跟婆婆住了几天酒店，然而 S 市，尤其是医院附近，哪怕是角落里的小旅馆也供不应求，价格比其他地方自然高出许多。

这种酒店的设施陈旧，走在昏暗的走廊里，潮湿发霉的气息从脚下行迹模糊的地毯里钻出来，直扑鼻腔。房间里没有窗户，笑梅开了换气扇，空气里依旧散发着一股难闻的气味。那是前一个房客的体味与空气里的湿气混合而成的味道，它们在这个房间里久久盘旋。卫生间的手持花洒喷头是坏的，洗澡的时候只能用顶喷。马桶上沾着形迹可疑的污秽物。笑梅知道，这家酒店不会有人每日打扫。往往前一个房客刚走，房间马上就被预订出去。掀开床铺的时候笑梅敏感地扫了一眼床垫，果然看到一根曲卷的、形迹可疑的黑色毛发正静静地宣示着上一任房客的存在。

笑梅皱了皱眉头，呀了一声，这是什么呀？

再细细寻下去，果然，又找到几根。笑梅压抑着内心的不悦把酒店的经理找来，经理又喊来清洁工。当着笑梅的面，经理命令清洁工把床单换了。清洁工是一个四五十岁的、面色发黄的妇女，她一边嘀咕着"床单都是换过的"，一边将新的床单铺了上去。

婆婆看着站在床角的笑梅说，睡吧，出来了就别那么多讲究，有时候看着白的东西也不一定干净！

笑梅望着新的、洁白的床铺，虽然她没有再在上面找到可疑物，心里仍然不放心，但也没有别的办法，只得简单洗漱后不情不愿地睡下了。

婆婆睡着了，传出轻微的鼾声。半夜，笑梅忽然惊醒，以为天亮了，看一眼手机，才刚凌晨一点，她睡意全无，在黑暗中睁大了眼睛，当眼睛适应了黑暗的环境，周围的一切以一种灰色的姿态呈现。

房间的隔音效果并不好，笑梅隐隐听到墙壁有女人细碎的呻吟声，应该是个年轻的女人的声音。住在酒店的时间里，笑梅经常看到年轻男女们成双成对地进出。他们的年轻蓬勃的身体紧紧依偎在一起，在酒店的前台咬着耳根。笑梅想，年轻多好，有健康的体魄，正常的需求，有大把的时间与精力在彼此身上耕耘。笑梅想到了她与何光荣原本就少得可怜的几次房事，现在也因婆婆的病痛被搁浅。她已经记不起来最后一次是在什么时候，她甚至不再关心何光荣有没有这方面的需求。

住了几晚，婆婆又开始温习她的"节俭经"。昂贵的医药费以及日常的开销，也让笑梅将注意力放到了门口的那些"黄牛"身上。"黄牛"有着敏锐的观察力与职业习惯，他们能在人群中快速而精准地找到需要租房的病人，以绝对的优势迅速促成交易。笑梅被"黄牛"牵引着，走在这个城市最阴暗的地方，如果一个城市是一具躯体，这就是一块病了的地方。这一片的房子大多很破旧，旧的事物的倒下代表着对过往的一种缅怀，同时是对新生事物的期盼。房子的外墙已经斑驳不堪，它们与这座城市新的面貌形成鲜明的对比。潮湿的绿色藓类植物在墙角疯长，它们天生适宜阴暗潮湿的环境，它们在每一个黄昏里歌颂一个又一个日落。它们见证着来来往往的租客。这里的租客换了一批又一批，空房子里不停变换着新的面孔，但不变的是他们愁苦的、苍白的脸颊。房子空了，马上又被填满，人们从不同的地方奔赴这里等待一场又一场的宣判。

　　笑梅与婆婆跟着"黄牛"的脚步到了二楼，一座破败的房子就像一个磨损了的器官，只要不影响运作，它们便夜以继日地工作着。狭长潮湿的走廊里，紧闭的房门张着黑漆漆的大嘴，命运从这里出现拐点，谁都不知道下一个离开这里的是谁。在厨房的走廊上，仅有一个满是油渍的灶台，证明这里尚有烟火气息。卫生间也是公用的，由于长期无人打扫，一股腥臭味弥漫在附近。有争吵声从某个房间传来。"黄牛"似是没听到，镇定自若地带她们去参观那间传来争吵声的房间，他们是见惯了这样的场面的人。狭窄的房间里靠角落铺着一张床，一个廉价的PVC管材料制成的衣柜紧紧贴着墙壁，外表已经破损，里面胡乱地堆着衣物。争吵的是一对夫妻，他们衣着朴实，脸颊通红，代表了中国农村的大多数夫妻。

　　女人坐在床沿，掩面抽泣，情绪激动，说，不治了，这就是个无底洞，啥时是个头！

　　在这个洞里他们看不到希望，所有在洞里的人都看不到希望。他们承受着病痛与经济的双重折磨，在这个暗无天日的洞里一日日煎熬着。这里是太阳绕开的地方。男人跟女人抱头痛哭。

　　"黄牛"听出了端倪，他面无表情，这里每天都在上演着生离死别，他对笑梅说，他们马上就搬走了，你们随时可以入住。

被子不是这对夫妻的，"黄牛"很贴心地说，你们可以不用带被子了，可以省一笔费用。在这个地方能找到有厨房的房子，已经是很不容易的一件事。这个城市的一隅，每天都有大量的人满怀希望地涌进来，又有大量的人绝望地离去。城市无言地接收着一切，日复一日。

笑梅望着这张留着陌生人的皮屑的床，心里泛起一阵不适。她从没想过有一日，会沦落到跟陌生人睡一张床。这是一张病了的床，透着不祥的气息，它接纳了太多苦痛的人。那些病了的人，无数个日夜里，在床上辗转，他们的心事通过肌肤传给了床，床知道他们的秘密。但是笑梅不想参与到这场秘密里。她跟"黄牛"说，再看看别的地方吧！

电话响起的时候，笑梅跟婆婆正在医院附近的餐馆吃饭。已经很多天了，婆婆依旧适应不了 S 市的饮食习惯。

婆婆蹙着眉说，这个菜怎么这么甜，天晓得放了多少糖。

婆婆血糖偏高，她拒绝所有水果与含了糖的菜肴。身体某处的异变让她变得一日比一日敏感。婆婆开始吃很少的食物。笑梅知道她必须得找到合适的房子了。只有她亲手做的饭菜，才能抚慰婆婆在异乡被病痛折磨的心。"黄牛"的电话来得非常及时，这次的房子比上一次看的房子好了很多，是个独立的房子，进大门需要按密码，竟然还有电梯。两室一厨一卫一厅，都是独立的。"黄牛"说你们可以先把整套房租下来，再把隔壁的房间出租出去，减轻压力。能找到这样的房子，对笑梅来说已经谢天谢地了。租金贵一点儿没事，她想起那对哭泣的夫妻、杂乱的厨房和走廊尽头脏兮兮的卫生间。她一秒钟都不想多作停留。

隔壁的房子被租出去了，很快就有人搬进来。他们很少碰到，因为大多数的时间里，他们都在医院奔波。

平日里，人们很少关注自己的身体，直至身体发出威胁的信号。然而那个时候为时晚矣。很少能有幸运者。

4

女人是忽然凑到笑梅跟前的，当时笑梅正在厨房做饭，老式的抽油烟机掩盖了锁孔旋转的声音，忽然一个影子就贴了过来。女人举起手中的黄瓜问笑梅，你吃吗？

笑梅吓得本能地后退一步，赶紧摇头说，我不吃，谢谢。

女人咬着黄瓜，很失落地走开了。吃饭的时候，笑梅注意到隔壁的门始终紧闭着。婆婆已经有些适应 S 市的生活，作为一名女性，她身体里的某样重要的器官已经脱离她的身体本身，比起求生的欲望，这个器官已经显得可有可无。婆婆的腹腔空了。不去医院做化疗的时候，她也会跟着笑梅一起去菜场转转。去菜场的路经过医院，笑梅从来没有注意到有这么多人排队在医院里等待与身体某个器官的告别，将坏掉的组织彻底从身体里剥离，再预约排队做化疗。这是一场悲壮的告别，有时，告别也寓意着新生。

笑梅只有在做饭的时候，才会碰到女人，后来才知道原来她是和丈夫一起来的，只是她的丈夫一直在医院里奔波，排队、挂号、预约，马不停蹄地从一个科室奔向另一个科室。

有一回，笑梅与婆婆正在客厅吃饭，男人与女人一起回来了。出于客套，笑梅邀请他们一起吃饭。男人长得很高大，满脸络腮胡，也许是在医院里站得久了，背有些佝偻。他们进了房间，不一会儿女人又出来了，她坐在笑梅对面，脸色蜡黄，长时间求医，让她的身心受到巨大的冲击。现在，她急需一个倾诉者。

女人说，我得的是乳腺癌，四年多了，本以为没事了，没想到今年忽然又复发了。

笑梅从医生那里得知癌症患者通过治疗，只要五年内不复发、转移，基本上就没事了。然而很少有人能挺过那五年，他们更多的是死在对癌症可怕的臆想里。

四年半了，已经四年半了，再过半年我就没事了，没想到在最后的半年里转移了。现在，女人的眼睛直愣愣地盯着笑梅。它已经转移到了我的肩胛上。在这里，女人用手摸着她的右边的肩膀，忽然向笑梅逼近了一步，它跑到了这里，你说，我还能活下去吗？

女人迫切地看着笑梅，她希望能从笑梅嘴里得到肯定的答复，她希望笑梅能铿锵有力地跟她宣判，你一定会没事的。

然而笑梅心虚地往后退了一步，她避开女人炽热的眼神，软弱无力地说，应该会没事的，我们要相信医生，相信现在的科技。

女人的眼眶红了，女人们总是纤细敏感的，她早就从男人的眼睛里读到了一切，橘黄的灯光打在女人苍白的脸上，她的头发胡乱地束在脑后，已无暇顾及。她一直絮絮叨叨，孩子他爸肯花钱替我治病，已经仁至义尽了，我明白，我都明白，是我自己撑不下去了……我的儿子才十二岁，我还要看着他结婚生子，然而这些，以后将会由另一个女人来代替我完成……

女人垂着头，那些来不及完成的心愿，在命运突如其来的拐角里凸显出来，被摆上桌面。

5

笑梅的房间里有两张床，她跟婆婆一人睡一张，她无法预知这张床的上一个，乃至上上个主人的命运轨迹，她只能在无数个失眠的深夜里猜测，与这些人重叠，相似的命运让他们在不同的时空里相遇。笑梅开始在深夜里听到隔壁女人嘤嘤的哭泣声，收敛而又压抑。命运之神跟她开了个玩笑，在她认为快要到达希望的彼岸时，忽然给她来了个措手不及。女人有时候也会打电话，她的声音通过老式的房子传递过来，忽近忽远，像是来自另一个时空的声音。女人的喜怒哀乐通过墙壁，通过那扇紧闭的房门传给了笑梅，完整地向笑梅呈现了她的轨迹。

医院里的花坛前，每天依旧挤满了病人或者病人家属。笑梅带着婆婆，行走在医院与出租房之间。忽然有一天，她从外面回来，看到一个女人正在门前扭动锁孔，这又是一张全新的、陌生的女人的面孔。

看海的女人

1

　　我，一个独居女人，有一份外人看起来体面的工作，在政府上班。我所在的部门负责处理附近几个村的民事纠纷。只要我一踏进办公室的门，就会暂时忘了自己的生活。我每天要接待无数的倾诉者，他们的生活出现了问题，我的职责是将他们生活中出现的褶皱抚平。为了更好地解决问题，很多时候，我都会把自己代入到他们的生活中。我嗅到了阴郁的气息，那些生活在底层、潮湿发霉的味道。要不是窗外的阳光以及恰到好处攀爬到栅栏的蔷薇，我会怀疑自己进入了另一个世界。

　　我有一个相处了五年的男朋友，老陈。他在海上工作，长期漂在海面，海水有时候浑浊，有时候清澈。然而海于某些人而言，注定是生计，而不是浪漫。并且，看似平静的海面也可能暗涌着凶险。老陈长期与海为伴，听起来十分罗曼蒂克，小姑娘们听了肯定会心神荡漾。我却嗅到了海的腥味与危险。每当奔赴海边的游客，赞叹大海的无垠与辽阔时，老陈只关心这一网撒下去会有多少的回报。我们一年也见不了几次面。当我在苦口婆心充当说客的时候，老陈又漂泊在哪片海域呢？

某个再寻常不过的上午，我接待了一对年老的夫妻。他们看起来与普通的男女并无不同，只是一对寻常夫妻。

男人说，我怀疑自己得了严重的臆想症，我时常觉得周围空无一人，无论我说什么，四周一片沉寂。是我不存在了，还是周围的一切都不存在了？

女人不说话，无论男人说什么，女人始终沉默。

我不禁怀疑，他们是如何一起默契地出现在我面前的？对于我，一个即将步入婚姻的女人，他们带给我的无疑是沉重地思索。我想到了罗晋海，除了海，我们对彼此竟然一无所知。

女人将我拉到角落，她并没开口，只是拽了拽我的衣角。女人看向男人的眼神平静如海，只有同为女人才能读懂，那是惊涛骇浪后的平静。

女人说，我一个人奔波在路上，医院、学校、菜场，我走在各种各样的路上，我的语言功能渐渐丧失。如今孩子们都已长大，我不明白那些语言说出来还有什么意义。在我身边，日复一日躺着一具空荡荡的躯体。当夜晚的风拂起窗边的薄纱，我看到月亮被无限放大，它直逼到我眼前，一言不语，我的心却被它紧紧箍住。很抱歉，请您转达，这个跟我生活了快一辈子的男人，面对他我再也说不出一个字。

作为一名资深调解员，我有一套自己的经验。大多数男女被婚姻捆绑在一起，拧巴了一辈子。看似寻常的生活中却暗潮汹涌，有时候毁坏一台机器的，恰恰是一颗不起眼的螺丝钉。我大抵与其他调解员不同的是，别人都是和稀泥，劝和的，我却劝他们实在不行，何妨放过对方，将对方归还于山海。我的思路异于常人，时常让陷入绝境的情感峰回路转，因此在这座城镇小有名气。

年迈的夫妻若有所思地走了，临走前他们一再向我道谢。我坐在窗前，暂时得以喘息。电脑旁的郁金香撑着一片片肥硕的茎叶，这一抹绿意给了我安然和宁静。有绿色的花骨朵悄悄探出了脑袋，小心地，窥探外面的世界。有同事曾善意地提醒我，郁金香含有毒素，长时间接触会令人产生幻觉。我一笑置之，它娇艳的花朵令我愉悦，足矣。我想起来卖家曾经给过我一袋营养液，告诉我快要开花时，要给它们浇点营养液。我满怀期待地将营养液倒入了铺着鹅卵石的玻璃花瓶。令我没想到的是，没过几日，郁金香的茎叶却以不可挽回的姿态颓败下去。尽管我及时替换了营养液，它们的叶子依旧一日日泛黄起来，那是死亡的气息。我们曾经每天陪伴彼此，我却没有等来它的花开。

2

我对海充满了向往，彼时陪在我身边的还是罗晋海。我会在某个午夜忽然坐起，对躺在身边酣然入睡的罗晋海说，走，我们看海去！黑色的海平面在我胸口涌动，裹挟着咸腥的味道。我已经迫不及待，我的心里住着一片海，它年轻鲜活，肆意涌动。罗晋海虽然不是十分理解我的行为。作为一对未婚的男女，作为男朋友，他成全了一名执意要在深夜去看海的女朋友的心愿。海风从遥远的地方拂来，我坐在副驾驶位上，风有些大，我的头发在风中凌乱，如同在海底摇曳的海藻。很快我就站在漆黑的堤坝上，潮水已经退下去，我的眼前一片漆黑。但是我知道，呈现在我眼前的是一眼望不到边的海水。我对罗晋海说，海不止一面，而他没出声，只是沉默地站在我身旁抽烟。我很失落，我想他不懂海。

我与罗晋海相识于一场朋友组织的海边烧烤。吸引我的是他很会做事情，他熟练地用生炭起火，将各类烧烤食物与配料有序分类。烟雾升起，很快有食物的香气传来。远处海风习习，海滩上零星散落着捉螃蟹或者海螺的人们。海风从遥远的海面拂来，诗意又不乏烟火气，就在那时，罗晋海恰到好处地给我递过来一串烤翅，食物与美景抚慰了我工作上的疲倦。

海天交界处的红霞似乎也沾着海的湿气，氤氲开来，如同一幅天然的油画。我盯着那团火，表姐的样子浮现出来。我与表姐从小一起长大，虽然生活在沿海城市，却很少有机会能看到海。海是什么时候引起我们的注意的呢？是在黑白电视机里，在老师的描述里？海在我脑海里日渐地诗情画意起来。更多的时候，我与表姐一起在家门口的溪坑里捉河蟹，摸泥鳅，捡河螺。乡间的小道上开满了不知名的野花野草，枯荣盛衰，年复一年。我与表姐野得很，小溪已经盛不下我们，我们跃跃欲试，想要到海边去。有一次，趁家里大人不注意，我与表姐骑着自行车，一路嗅着海的气息，去了很远的地方找海，海在召唤着我们。但海在哪里呢？也许在天的尽头。

不知道骑了多久，我大声问表姐，你闻到海的味道了吗？

表姐大声地回应，海是什么味道呢？

周围的建筑物，不知道什么时候变得很不友好，那是陌生的感觉，是一种忽地闯入异域的混沌。我与表姐推着自行车，缓慢前行。我的一只手贴紧了胸口，喃喃道，哦，海究竟是怎样的味道？

后来，我们来到了一处很大的江边，江水浑浊，泛着泥土般的黄色。远处静静停靠着几艘作业的渔船。我将自行车停靠在一处矮坡旁，望向远处，对着表姐说，这条江的尽头，是不是连着海？

那一次我们到底是没见到海。这件事成了我与表姐之间的秘密。后来大人找到我们时，我们只承认，是不小心迷了路。

3

　　表姐结婚后，住在马路边上一处低矮的平房里，她与表姐夫一起经营一家罐装燃气小店为生。每天都有数不尽的汽车绝尘而过，扬起无数灰尘。灰尘在空气里飘荡，奔向各自的宿命。它们没有方向感，只能被风推着走。在这个燃气轨道并没有接通的二三线小城市，居民们的生活还是以罐装燃气为主。每天表姐都会骑着她的电动三轮车走街串巷，哪一家的燃气罐空了，她就去回收。每一瓶燃气罐上都写着村庄、姓名，一个名字代表一户家庭。表姐结婚比较早，周围的高楼与她家低矮的平房形成了鲜明的反差。表姐家的地势都要低上一截，并且是泥土路。路两旁长满了我叫不出的各种野花野草。一到下雨天，我的鞋就要遭殃。用表姐的话说，她是嫁给了爱情。表姐夫长得并不高大，也不英俊。相反地，每次我靠近他，总觉得他身上有一股潮湿的味道。他让我想起办公室里那些被琐事困顿的村民。他们的生活仿佛进入一环扣一环的锁链里。每当你觉得快要解脱时，又陷入另一个锁扣里。生活或许就是无数个锁扣串起来的环环相扣。人们困在里面，走不出来，但心底又隐隐冒出很多希望，相信他们终有一天能走出去，走向更好的生活。表姐也幻想着有一天，她的男人会将她带出平房，他们会拥有一所宽敞明亮的新房。她不知道的是，她已掉入生活的陷阱中。陷阱无处不在，当表姐驾驶着她的三轮车，当她将一瓶瓶灌好的燃气罐送到村民家中，并且从他们手中接过空罐子，她的幻想，也在这一次次交接中达到顶峰。

　　表姐夫迷恋上了一项十分危险却叫人上瘾的活动。自从结婚后，他已经很少出门收集空罐子，表姐代替了他的工作。每天他都出现在某彩票中心，在那个乌烟瘴气的地方聚集着一批怀揣同一个发财梦的人。表姐夫对表姐的关注越来越少，对燃气罐的关注也越来越少。他的眼神空洞，迷茫却又坚定，口头禅不再是"亲爱的，我不会让你受苦""我会给你幸福的"。连那些低成本的口头迷魂汤，在他们结婚后没多久也消失了。表姐不仅每天要搬运燃气罐，还得照料家里的一堆琐事。表姐夫每天都重复着一句话"差一点儿，就差一点儿了！"这一句话就像座右铭，抑或是信仰。

"等我中奖了，马上去买一套一百平方米的大房子，在市中心最繁华的地段……"每一个听到这句话的人都觉得表姐夫疯了。一个疯了的人是不知道自己在说什么的。只有表姐，她愿意听。

在又一次从海边回来后，我带着罗晋海去了表姐家。正是清明时节，我带着海边的湿气与罗晋海出现在表姐家低矮的平房门口。一进门，我就在表姐的房间里晃悠，罗晋海诧异于我的表现。他说，你在找什么？

我还沉浸在无边的海水中，海浪在我心中激荡，我在找镜子！我说。

我想表姐一定是很久没有照过镜子了。她的身上充斥着燃气的味道，她的衣服、头发，她身体的每一个毛孔，都在滋滋地向外冒着燃气的味道。我嗅到了危险的气息。我断然不会想到一个女人结婚以后竟然可以变得如此潦倒，我想表姐需要一面镜子。

表姐夫在简陋的厨房里心不在焉地炒着菜，嘴里一直念念有词。如果你仔细听的话，会听到他在自言自语地重复着一串数字。然而那只是模糊的数字，你听不到他在说什么。

表姐很开心。青蓝色的烟雾在房子上空弥漫，饭菜的香味以及对高楼的期盼，遮住了表姐的眼睛。女人们总是一不小心就步入男人们构建的蓝色海洋里，幻想使得她们双颊绯红。房子前面开了无数的小花，在杂乱的草丛里显得闪闪发光。我拉着罗晋海在草丛里闲逛。多么美的花，然而一旦将它们采摘下来，即便放到最昂贵的花瓶里，它们也会很快枯萎的。

这一顿饭，吃得酣畅淋漓。我们围坐在一起，其乐融融。每个人的脸上都洋溢着笑容，仿佛生活只剩下眼前的食物。将空荡荡的躯体填满，我们的大脑就会出现短暂的停滞，当人们停止思索，幸福指数会跟着入口的鲜美食物上升。表姐夫有一手精湛的厨艺，他牢牢地将表姐拴住，使她日复一日，甘愿在燃气罐之间奔波穿梭。生活，就是将满的放空，又将空的填满，如此循环往复。

在与罗晋海认识的这段时间里，我与他奔赴了各种各样的海，远的、近的、黄的、蓝的、静谧的、汹涌的，然后我们订婚了，大海见证了我们的一切。生活是一种形式，我与他走到了彼此的关卡，我们需要仪式来证明彼此的存在，将彼此牢牢捆绑住，一生一世。精美的糖果礼盒摆满了房间，我被围困其中，若有所思。

当夜幕再一次降临，我看着躺在身边熟睡的罗晋海。他的呼吸是那样平和，睡梦中的他有一张宁静满足的脸。所有的夫妻都在夜晚掩饰收敛了白天的戾气。顺心的，失意的，黑暗让他们闭紧双唇，上演着恩爱一幕。罗晋海身上穿的睡衣是我给他挑选的，依着我的喜好。被褥、牙杯、毛巾……一切的一切，都是依着我的喜好选的。我给他送的礼物，他也从来不发表意见，照单全收。他真是一个沉默的绅士，此刻他正缩在我给他买的睡衣里，月光淡淡地照进来，不知是不是我眼花了，有那么一瞬间我好像看到了另一个自己躺在我身边。我被自己的错觉吓了一跳。静谧的夜里，一切都被笼罩在黑暗中，黑夜为白天的一切都笼上了梦幻的色彩。

　　表姐依旧一日日往返于附近的村庄。对于充灌燃气这项活计，她已经相当地熟练，她不再需要表姐夫的帮忙。表姐夫经常不在家，这个男人只是给了她一个婚姻的空壳子。她比任何人都要熟悉那些燃气罐。我偶尔带着罗晋海到表姐家的平房里去，表姐喜欢白玫瑰，我在门前的空地上栽了几株花苗。它们的枝叶被我剪掉，光秃秃地立在泥土里。我拔去了周围的杂草，杂草会将花苗吞噬，它们日日招摇，在人们面前摇曳，然而却没有人注意到它们。我望着蹲在门口抽烟的罗晋海，努力回想着他昨天穿的是什么衣服。昨天的办公室，来过几对夫妻？

4

　　有一天，表姐的平房里忽然多了一个男人，他叫老陈。那天是阴雨天，细雨如绵绵的蚕丝，蚕丝上挂满了晶莹的雨珠，它们覆盖在我的睫毛上。远远地，当我从平坦的水泥公路跨步走到泥路上，我看到了站在门口的老陈，以及路两旁被雨珠覆盖的绿草地，我仿佛一脚跨进深海，无数的浪花在海底激起绚丽多彩的水珠泡泡。老陈的出现给我带来了无限的遐想，原来我也不过是庸俗世人中的一个。表姐出现在门口，让我意识到了站在自己身旁的罗晋海。在聊天中，我得知老陈以出海捞鱼为生。那么多次，我们在表姐家，在这个低矮的平房里完美地错过。我嗅到了老陈身上的气息，海的气息。我给了老陈一盒喜糖，说明了婚期。

　　老陈长得憨厚敦实，一张脸被海风吹得黝黑黝黑的，却十分地健谈。也许在无边的海面沉默得久了，老陈有说不完的话。他将带来的海鲜一应拿出，在表姐夫家破旧的厨房里，在油腻的水槽里，一件一件地清洗。

罗晋海此时正蹲在马路边抽烟，自从与我确定了婚期后，他变得像海滩上的蛏子一样肥大，喜欢慵懒地缩在壳里。最初相见时的烧烤味变成了遥远的海的回忆。他总是将换下来的袜子随意地扔在客厅，我说过很多次，他跟失聪了一般。男人们其实是聪明的动物，他们心里明镜似的，然而总喜欢装傻充愣，甚至置若罔闻。

我问老陈，这个是什么蟹？

我用手戳了戳坚硬的蟹背。在它们高高举起大钳子时，我尖叫着躲到老陈背后，马上就要被煮熟了还这么嚣张！

老陈憨笑着，熟稔地捉住一只螃蟹说，没事的，离了海，它们的钳子就成了花拳绣腿。

我看着一旁的海螺，又一一问过它们的名称。

老陈问，你经常来这里吗？

我翻找着厨具，那是，我姐夫厨艺一流。

老陈又笑了，他熟练地剪着海螺的屁股，那你是没尝过我的厨艺！

我们越来越频繁地在表姐家碰到，只要不在海上，我、罗晋海、老陈就会出现在表姐家。老陈带来了无数的海鲜，那些曾经在海里的鲜活的生命，被老陈做成了一道道美食摆上餐桌，温暖着我们的胃，抚慰着我们贫瘠的灵魂。老陈换着花样做各种海鲜大餐，每次我的面前各种空壳总是堆得最多。表姐几次打趣老陈将我养胖了，到时候罗晋海该不乐意了。老陈就乐呵呵地说道，他不乐意了才好！我若有所思地看向老陈，没想到老陈也在偷偷看向我。我赶紧避开老陈的眼神，内心有细碎的浪花掀起。

我的想象力开始越来越贫乏。罗晋海已经很少带我去海边，我已经成为他的猎物，无名指上的戒指宣示着一切。深夜的海边，经常有一个女人，如幽灵般出现。为了赴一场又一场海的盛宴，我经常独自驱车在各种各样的道路上。有几次老陈休息，他带我去了他工作的那一片海域。我约罗晋海一起去，然而他总借口加班，后来，就由着老陈将我带走。

第二年的时候，平房门前的玫瑰花已经长出了花骨朵。表姐依旧没有攒到买新房的钱。表姐夫变成了一道虚幻的影子，他只对数字感兴趣。然而他操控不了它们，每次都只是差了一点点，差一点点，就能拥有高楼。人们在最低的尘埃里，幻想着月亮上的梦。看似命运握在自己手中，风一吹，人们就迷失方向。蒲公英的种子看似很励志，却只能随遇而安。表姐每天在平房里进进出出，她再也无暇顾及开在眼前的玫瑰花。

燃气罐爆炸的声音就像一记闷雷传来，彼时，我正在办公室给几个外来务工者主持公道。

打雷了吗？我问。

那应该是从遥远的地方传来的雷声，我们几个女人等了好久，却没有见到有雨落下来。生活呵，就是纸老虎，只能吓唬吓唬那些胆小的人，我跟那两个女人说。

接到消息的时候，表姐已经被抬走，殡仪馆的车直接拉走了她。那一声沉闷的雷声，原来是燃气爆炸的声音。平房已经成了废墟。那些灰色的砖瓦七零八落，散落一地。爆炸的中心点，一片漆黑，如同烤焦的鳗鱼。我瘫坐在地，胃里忽然一阵翻滚，那是迎面扑来的独属于海的腥气。

在表姐的追悼会上，表姐夫一身黑衣，垂着头，他戴着厚重的墨镜，我看不清他的表情，只看到他的嘴一张一合。这个男人，他是在念忏悔文吗？还是仍然在重复他心心念念的数字？罗晋海刚接了一笔大单子，每天忙得人影都见不到。他就像海面上的游艇，嗖地一下划出去好远，他将我的呐喊声远远地抛在了浪花后面。他忙得连参加表姐的追悼会的时间都没有。

罗晋海面对我的诧异，十分地冷静，他说，人死不能复生。罗晋海说完就像一阵海风般飘走了。然而他的话却在我的心里掀起了惊涛骇浪。在生存面前，死亡被淡化。我们无力改变，只能选择淡忘。活着的人还要继续，呵！罗晋海，他的身体里流着精明商人的血液！

表姐平静地躺在玫瑰花丛中，脸上化了淡淡的妆。我不知道她身体的哪个部位坏掉了，我无法找寻。我只能庆幸，这世间的苦痛，她再也不用感知，这是好事。然而我的眼泪却像海浪，一波接着一波，疯狂涌出。老陈一直站在我旁边，适时给我递上纸巾。

平房彻底冷清了下来。表姐至死都不知道，表姐夫在某彩票中心欠了一屁股的债，他干脆住进了旅馆。发生爆炸的那一天，他刚好不在家。用他的话说，他虽然不在家，但也是为了这个家在拼搏，靠燃气罐什么时候才能换大房子？

平房门前的路已经被杂草覆盖，那些花花草草像吸收了灵气一样日夜疯长，它们彻底地将那几株白玫瑰淹没，远远望去，分不清是花还是草。花与草纠缠着，不是所有的花都能得到妥善照料。它长在了这一片土地上，是它们的宿命。我到底没有勇气再靠近，只是远远站着，我失去了走进平房的勇气。

罗晋海越来越忙。当一个男人有了家，他们就会变得无比忙碌，并且他们的心也变得跟水泥墙一样坚硬。罗晋海在 S 市开了一家店，生意已经渐入佳境。现在，他急需一个女主人，一名贤内助来与他一起打点。罗晋海为了把我彻底变成他生活中的合作者，甚至开始吐槽我的工作。

你天天处理那些鸡毛蒜皮的事情，很容易得忧郁症，听着，你也会因此改变你的世界观跟人生态度……

在他看来，我的工作琐碎又毫无意义，甚至充斥着负能量，早晚有一天会反噬我。

我为他冠冕堂皇的理由感到可笑。我们还没结婚呢，他就妄图把我当成他的私有物来处理。男人都这么自以为是吗？

不知道什么时候，罗晋海睡觉的时候开始有了鼾声。那一声声匀称而又规律的嘈杂声自他口腔中传出来，夹杂着应酬过后的酒气，钢锯一样拉扯着我的神经。我渐渐变得不能忍受，整夜失眠。我与他只是举办了订婚仪式，还没有领证，俨然已经老夫老妻。他身上依旧穿着我给他买的睡衣，还是刚认识时我买给他的。睡衣已经很旧了，领口露着发白的磨痕，然而洗洗还能穿。即便如今罗晋海已经发福，睡衣穿在他身上有种难以言喻的滑稽感，但他也无所谓，因为，他已经不在乎他在我心目中的形象了。

又是一个雷声轰鸣的夜晚，闪电撕裂了夜空，撕碎了我那颗日渐脆弱的心。我害怕雷雨夜。我坐在黑暗中不停地抖动，海在远方敲打着堤坝，海浪穿过堤坝，冲向平房，白玫瑰散落一地。最初的时候，罗晋海还会哄着我，慢慢地便面露不悦之色。爱情最初是甜蜜的糖果，只是那颗糖果已经越来越小。雷声直接在我头顶炸裂，轰隆一声，是燃气罐爆炸的声音。我已经忘了海的颜色。

清明的时候，我捧着白玫瑰去看表姐，远远地，我见到一个男人的背影。我一眼就看出来那是老陈。墓碑上方两侧有两个花瓶，其中一个插着一束玫瑰花，看样子是刚放上去的。

老陈说，你来了。

我将白玫瑰放到另一个花瓶里，以前花瓶里的花，都是你放的？

老陈说，你来得正好，我们一起吧。

他将一只黑色塑料袋里的冥币纸钱一应物品取出，将它们点燃。我一边捡着纸币，一边说，我给外公上坟的时候，我妈总会提醒我，不要将这些要烧的纸钱弄破，不然下面的人收不到完整的钱。

燃尽了的纸钱呈黑灰色，风一吹，它们就四下散去。

我问老陈，你说，他们会收到我们烧给他们的东西吗？

老陈取出一幢纸糊的大别墅，这个别墅真豪华啊，花园、泳池、豪车……一应俱全。

也许吧，他说。

我看着别墅一点点被火苗吞噬，小心点儿，别弄破了。

我好怕，好怕别墅被弄破了，表姐在下面又要住破损的房子。

等到火熄灭了，老陈说，走吧，去我家，我给你做顿海鲜大餐！

彼时，我与罗晋海已经分开，没有原因。是海浪，是海浪将我与他冲散。在我将罗晋海的东西打包扔出去的时候，这个男人还龇牙咧嘴地说我疯了。他咆哮着，我们一起经历了那么多，共同去过那么多的海……他忽然又笑了，我们订过婚了，大家都知道我们同居的事实，你离开我，也就是一个二手女人！

我冷冷地看着他说，我们之间结束了！

为什么？难道只是因为我们很久没有去海边了？难道只是因为我的鼾声，抑或某个雷雨夜我没有哄你？

不，你的心，比海水还要凉！

平静的海面暗潮涌动，海平面就在眼前，然而我们怎么也到达不了想去的彼岸。我的房间里已经没了罗晋海的痕迹。海变得空荡荡的，我又恢复了单身。

5

我与老陈开始奔赴在海与海之间。老陈刚从海上下来，我又拖着他去了海边。老陈说海很单调，并没有人们想象中的浪漫。当你走入海中，当你被无尽的海水包围，四周见不到一个人，只有苍茫的雾气，你会陷入一种幻觉中，一种恐惧的、失声的错觉中。海让人忧郁！把海当成了生计，它也就失去了颜色。

"五一"的时候，我与老陈去了海南，去之前老陈做足了攻略。这个男人，总是将一切都准备得那么妥帖。我们在那里待了五天，亚龙湾热带天堂森林公园，蜈支洲岛，天涯海角，槟榔谷……最后一天老陈包了一艘游艇，我穿着泳衣，慵懒地靠着栏杆。远处也有人在玩游艇，不时有尖叫声传来，游艇快速划过海面，掀起一条条巨大的白色浪花。

老陈忽然问，你要下水吗？

在老陈的鼓励下，我与他登上了一艘快艇。我在老陈身后，紧紧地抱着他。我的尖叫声被淹没在浪花里，我大声地、歇斯底里地放声尖叫。

老陈订的酒店靠海，有一面巨大的落地玻璃。窗帘被掀开，在海风的吹拂下温柔地掀动，躺在楼板上就能看到外面的海。我安静地坐在地板上，老陈不知何时已靠着我坐下。所有的语言都是单薄的、苍白的，当老陈触碰到我的刹那，一对男女在楼板上迅速地缠绕在一起。我瞟了一眼窗外的海，脑海里浮现出海底的海藻，它们在水底肆意妖娆地舞动。老陈如涌动的海水，迅速将我淹没。

我安静地躺在老陈的怀里。老陈说，这些年他一直漂泊在海面上，已经习惯了这种动荡的感觉，只有在海面上，他才是真实存在的。无边无际的海让人沉寂，有时候也会恐惧、失落，更多的时候，海也带给人包容、踏实的感觉。

我望着远处寂静的海，我想，我与老陈也许是同一类人。

鲜花、蛋糕、520红包、七夕礼物……我忽然发现，只要不结婚，女人们就有收不完的礼物、过不完的节日。老陈将我照顾得很妥帖，在跟他在一起的这几年里，我们驱车将附近的海域逛了个遍，甚至去了更远的地方，见了更多的海。我们在沙滩上、海景房里做着情侣们最喜欢做的事。海包裹住我们的每一寸肌肤。这种真实的感觉让我们欲罢不能。

每一年，我们都会一起去看望表姐，表姐夫已经不见踪影。我不知道他有没有赌中那组数字，如愿地住进高楼。只是女主人，终究不会是表姐了。偶尔路过那座平房，它依旧荒在那里，沉默不语，如同一个被遗忘的女人。

罗晋海已经结婚生子，妻子贤惠大方，儿子乖巧聪慧。据说他已经盘下第二家店面，还雇了几个工人。有共同认识的朋友传过话，说他至今对我意难平。

我，一个普通的女人，每天活在鸡零狗碎的调解中。换取一杯薄薪的女人，活成了他心中的白玫瑰。在表姐刚走的那段日子，在我失语的那段日子，在我独自面对雷雨夜的那段日子，我的脑海里反复出现那对沉默的老年夫妻。是老陈的出现抚平了我心中的狂风骇浪。只是我的右手无名指上始终空空，我与老陈达成默契一般，绝口不提领证的事。

老陈这次要去的地方是秘鲁。大概过了一个半月，老陈忽然失联了。

我经常去上海等他，然而我一直没有等到他的消息。时间久了，我竟忘了自己是来做什么的，是看海，还是来等老陈？

我望向远处，一望无际的海水之上，碧波荡漾，一层接着一层，纷涌而来。

车轮向前

1

酒精有点儿上头。阿辉已经如坠入云雾里，走路有点儿飘，歪歪扭扭，看谁都像阿霞，看谁又都不是阿霞。晚上的月色有点儿特别，他忍不住多呷几口，高兴呢。夜色明朗，透着干净的蓝，云朵似膨胀的棉花，慵懒地散落在天空，漫无目的地飘散。到处都是人声和酒杯碰撞的声音，深夜买醉的人，喝下一杯，再来一杯，借着酒意暂且将满腹失意抛却。说不上哪里不痛快，称兄道弟，开心呢，划拳的声音都要顶破云霄，红白黄，轮换着来，千杯不醉。晃晃悠悠，鼻子忽然就酸了，眼眶也湿热了。然而阿霞不在身边。有小毛孩跑过，不小心蹭了一下阿辉。好似引爆的鞭炮，忽然"嘭"的一声，阿辉摇摇晃晃，酒杯甩落地上，迷魂汤洒落，溅起一地心碎。阿辉痛哭流涕，眼泪混着鼻涕，他重又换过酒杯。来啊，再来一杯，醉生梦死。

一辆黑色的轿车在夜色中驶过，车轮单调乏味地向前滚动，就像这白纸一般苍白的生活，缺乏幻想，需得对着视频中的女人才能有感觉。有些事情一旦开始，回过头来已然是悬崖断壁。粉身碎骨的快感，不知可否弥补生活中的缺失。车来车往，夜色越深越热闹，人越喝越清醒，不肯入睡。路两旁的路灯来不及看清，忽地一直向后退。高健单手握住方向盘，再有两公里便能到达厂区。阿辉递过一支烟，青蓝色的烟雾在空气中乘着风急速消散，只留下一股神秘的气息，叫人嗟叹。几个人中，只有高健没有饮酒，他得负责将众人一一送回去。

　　阿辉坐在副驾驶位，车窗大开，夜风一扫白天的炽热，冷意从毛孔里一丝丝钻出来。阿辉头痛欲裂，他已经很久没有如此痛饮过，即使在春节期间，在最有理由饮酒的日子里，他也保持了理智，滴酒不沾。妻子冷颖使他冷静，因为换工作，冷颖已经给他摆冷脸几个月了，然而什么都阻止不了一个男人想出去闯荡的心。阿辉大抵不会明白，一个中年女人想要安定的心，她的身体里长出了藤蔓，一枝一叶地将她牢固地缠绕在这个小城镇。她已经习惯了日复一日流程式的生活，从清晨到黄昏，连欢爱都是几十年如一日的姿势。她那件粉色的睡衣，还是十几年前的款式，保守单调，经历一次次洗涤吹晒，穿在冷颖身上，如行走的干瘪褪色的花瓣。阿辉从来不亲吻冷颖，他们亲热的时候，头部以一种奇怪的姿势错开。他们从不看对方的眼睛。冷颖在阿辉的身下轻飘飘的如一缕空气。冷颖就像一杯凉白开，亦如寡淡无味一成不变的生活，她害怕陌生的气息，经不起辗转动荡。在冷颖看来，在老家和在外地，只是换了一个地方老去。时至今日，她不信阿辉换个地方就能闯出一番不一样的人生，还不如在家里帮她烧烧饭，接送一下孩子更实际，这样她还能多帮几个客人剃头，多挣一点儿钱。冷颖一边替客人修理头发一边随意地拉着家常。冷颖谈论的大多是抖音里的见闻，碰到女客人，她的话会多一些，她深知人与人之间最怕空气突然安静，某当红明星恋爱，某知名网红出轨……在如今这个快餐式信息满天飞的时代，坐在家里就能知晓天下事。碰到一些油腻腻的男人，趁着冷颖给他们清理面颊的时候故意蹭一下，冷颖不由翻脸，佯装生气地将咸猪手打落。哎呀，要死啦！啊呀呀，老板娘厉害啦，长两张嘴，我们只有一张嘴，肯定说不过你的啦！顾客便一脸猥琐，趁机再捏一把。冷颖收了钱，早在心里将他们的祖上都问候了一遍。也有碰到沉默寡言的顾客，为了缓解气氛，冷颖便播放时下流行的歌曲，好让这空荡荡的房间被歌声填满。

阿辉到底还是跟着高健走了。中年人的夫妻生活，如同中年男人头上少得可怜的几缕毛发，已然可见尴尬的头皮。这一出走，他们竟不知不觉分居大半年。冷颖平静得就像一面沉寂的湖水，看不出任何波澜。很多时候，阿辉都会产生幻觉，他没有妻子，没有女儿，依旧是个单身汉。阿辉的手机随身携带着，生怕错过重要的信息或者电话，他也不知道在期待着什么。然而多数时候都是广告推送信息，或推销楼盘、课程的，只有这些开发商还虔诚地惦记着你。冷颖倒是找过阿辉，在有限的次数里，语气平静，却透着不容否决的姿态。女儿周末的辅导班没人接送了，冷颖的一个电话，阿辉便要从几百公里外的 A 市往老家赶。没办法，冷颖说，孩子不是我一个人的，谁叫你是她爸呢！每当这个时候，阿辉便从自己是单身汉的臆想中清醒过来。多少次，阿辉一个人驱车行驶在高速上，四周一片寂静，歌声被无限放大，阿辉被一首又一首的歌曲包围，他仿佛跌进了一片无垠的海洋，但他的心却像海面一样，空荡荡的。

冷颖放下电话，她拿起剃须膏，给客人的下巴及脸颊两边挤满白色的泡沫，随即拿起剃须刀，一只手固定住客人的头，另一只手开始清理客人脸上的胡须。今天她穿的是橄榄绿 V 领连衣裙，乳沟在她轻微的动作中若隐若现。客人仰面半躺着，一睁眼，便可看见冷颖微微抖动的丰满胸部。长期在室内，冷颖的皮肤显得特别白，露在外面的胳膊像藕节似的。一股热气自下而上，直冲客人的脑门，不知是有意还是不小心，他的脑袋顶了一下冷颖的胸。冷颖顿了一下，抬起手中的剃须刀，后退几步。

她对着客人笑了一下，比哭还难看，半开玩笑地晃了晃手里的剃须刀，别乱动，刀子可没长眼睛呀。

男人顿觉脖子一凉，老实许多，一双眼睛却仍旧不肯闲着。

半边床空着，冷颖习惯性缩在床的一侧睡觉。她是要强的女人，有自己的原则，任自己活得跟个寡妇似的。在有限的相聚时光里，白天他们活得体面客气，像两国使者会面，礼貌而生疏。晚上，一关灯，他们就成了床上夫妻。阿辉会一改白天的冷漠，火炉一样贴过来，滚烫的。冷颖只是被动地配合，很少有热情的时候。阿辉把她像煎饼一样翻过来覆过去，黑暗中的冷颖悄无声息，任由阿辉折腾。冷颖活得清心寡欲。阿辉私下里跟朋友抱怨，无趣得很，这婆娘，没劲儿。然而也有例外的时候，一反常态的冷颖在阿辉身下大声地叫着，放浪形骸，与平时截然相反。阿辉反倒不自在了，轻点儿，他说，墙壁的另一边有耳朵。冷颖闭着眼睛，黑暗中她看不见身上的男人，夜色给了她无尽的幻想。她身上的男人可以是路人甲乙丙丁，可以是店里的某个顾客，也可以是电视里的某个明星。想象力真是个好东西，它填满了冷颖空荡荡的躯体。然而一想到阿辉，她的脸色就迅速黯淡下来，如一朵急速凋零的花。他们不再是同一个战壕里的队友，而是敌人，女儿是她手里强有力的武器，她握紧了手中的武器，如同握紧了阿辉的命门。

2

　　阿霞是个单身女人，单身女人阿霞是高健公司的前台。一个年轻的单身女人，如一瓶未被开启的香水，光是剔透的外表，就足以魅惑人心。进出高健的公司多了，阿辉开始留意起前台，这个留着一头长直发的女人。女人身上散发出若有若无的香水味道，淡如夜色中素白的昙花，但是阿辉还是闻到了。阿辉对阿霞的第一印象，不是她的衣着，也不是她的谈吐，而是每次靠近前台，年轻女人身上含蓄的香水味。女人与女人之间原来是有差别的，野蔷薇与红玫瑰怎能相提并论呢？每次冷颖的电话一打来，就冷冰冰的一句：明天你女儿的辅导班你接送一下。她从来不问阿辉你在哪儿，你什么时候回来。交代完毕，快速挂掉电话，唯恐阿辉发出抗议的声音。阿辉留意到她刻意强调了"你女儿"，他似乎看到了冷颖在电话的另一头咬牙切齿地挤出这三个字。

　　一个年轻美丽的单身女人，总是善于捕捉到异性特殊的眼神。阿辉天生一双吊梢眼，不经意间就会流露深情。这样的男人，目光停留到哪里，哪里就会衍生出一段故事。然而阿辉是一个有良知的已婚男人，他总是恰到好处地收回自己的目光。事情的转折点发生在一次聚餐之后，高健意犹未尽地提出去唱歌。就在狭小的后座里，阿辉跟阿霞紧挨着坐在一起，腿贴着腿，胳膊挨着胳膊，一具陌生的躯体挨着另一具陌生的躯体，没有相互排斥，好像还起了化学反应，彼此心照不宣。阿霞的长发垂下来，空气里弥漫着熟悉的香水味。这样的味道，长期萦绕在阿辉四周，以至于以后他回忆起阿霞，最先映入脑海的，竟是她身上独特的味道。

　　车轮向前驶去，快速地到达了停车场。一到夜晚，当城市的灯光变得朦胧暧昧起来，人们便从各个角落里钻了出来，神出鬼没。这个城市的停车场总是不够用，高健转着转着，就如进入迷宫一般，他们迷失在城市的夜晚。

进入大厅，嘈杂的音乐声在空旷的大厅里横冲直撞。一盏闪着梦幻般绚烂光彩的水晶灯自天花板垂下，每一颗水晶都在灯光的照射下闪着醉生梦死的光。几个打扮妖媚的女人，被带头的经理领着往包厢方向走，她们从一个房间进入另一个房间，迈着统一的白花花的大腿，短得不能再短的包裙恰到好处地裹住臀部，令人无限遐想，很快进到高健所在的房间。来都来了，不让几个姑娘指导歌唱技巧，未免扫了雅兴。在这件事上，高健总是表现出绅士的样子，他往人群里看去，目光老道毒辣。然而阿辉婉拒了高健的美意，他已经沉浸到一种香水中去。城市的霓虹闪烁下，举着话筒声嘶力竭的人们，他们是夜的主宰者，白日里的失意者。月光被灯光映衬得惨淡，星星们鬼头鬼脑，似有若无。

通信工具的发达极大地便捷了人与人之间的沟通，隔着千山万水，爱的人就在屏幕对面，那一个个滚烫的字自屏幕蹦出，看得人面红耳赤，心跳加速。然而通信的发达，又使一部分人丧失了语言功能，他们虽然面对着面，却日复一日地沉默着。

那一晚，阿辉不知道是怎么与阿霞回去的，所有的人都下车了，最后车上只剩下他们两个，胳膊触碰过的余温尚存。凌晨两点，夜生活达到了沸点，城市在歌唱。阿辉鬼使神差地跟司机说出了某个酒店的名称。他说酒店名字的时候像极了冷颖使唤他回去送女儿去辅导班的时候，理直气壮，不容拒绝。酒店分好几幢，阿霞跟在阿辉身后，也许是酒精的作用，也许那么多的人中，就阿辉没有点陪唱小姐，其间还替她挡了好几杯酒。同为女人，阿霞充满了优越感，她与那些女人是不一样的。阿霞带着这样的优越感跟阿辉走进了酒店，走进了一幢幢迷宫。那些豆腐块似的房子矗立在夜色里，它们没有名字，只有墙体外的编号。秘密被裹挟在黑暗中，昏黄的路灯与月色是秘密的见证者，并且永远保持缄默。

阿霞坐在床尾的凳子上，佯装拿着手机。凌晨两点的手机，同样不肯睡去。阿辉脸色绯红地靠在床头。他酒量一般，每回喝酒却都带了十足的狠劲，仿佛他喝下去的不是酒，是他的仇人，是冷颖，或是这糟透了的生活。酒精在阿辉的胸腔里火一样燃烧。极度空虚呵，身体的每一个毛孔都张着血盆大口，饥饿感时刻提醒着阿辉。中年男人的空虚，谁能理解？每一天都像踩在棉花上，落不到实处。他半眯着眼睛，酒精给了他胆量、借口，他一时分不清自己是真醉还是装疯。过来，他朝床尾的女人挥手，到我这里来。

雷声隆隆，闪电划破漆黑的夜空。大雨滂沱，一遍一遍冲刷着外面的世界，然而总有一些死角，雨水与阳光都到不了。

抱着我，阿辉喃喃地说，眼镜被他甩到一旁。一对滚烫的躯体，缠绕在一起。一切水到渠成，自然流露。恍惚间，阿霞似乎看到了男人眼角的泪痕。这个男人眼角的潮湿触动了阿霞。现在的人都怎么啦，躯体里塞满欲望，眼神里装满空洞，这是一座焦躁的城市。

阿辉想到十多年前，他与冷颖刚相识的时候，也有过甜蜜的时刻。那个时候冷颖还只是理发店的一名女学徒，虽然在理发店工作，但冷颖总是留着一头黑直长发。饱满的栀子花在午夜悄然绽放。理发店对小镇男人有着致命的吸引力。男人们的想法出奇一致，他们宁愿多等一会儿也要领略冷颖姑娘的技艺。在这个小镇，冷颖是一个话题、一个传奇。男人们谈论起来兴致盎然，无论是公开的，还是摊到桌面上的，都将冷颖作为一件谈资。女人们却是不屑的，长得美又如何，一天不知道摸过多少男人的头。女人们善于围坐一团，窃窃私语，并配以丰富的面部表情，仿佛在谈论一件腌臜事情。冷颖那时还只是个羞涩的姑娘，面对男人们明目张胆的骚扰，除了慌乱，并不知道如何反击，这更刺激了这群小镇的野兽，他们每日都精神饱满、亢奋地出现在理发店里，以调戏理发店小姑娘为乐趣，小小的理发店终日门庭若市。阿辉也不例外。一夜间长出须发，是这个小镇男人们的愿望。

早上十点，冷颖准时打开了店门，阳光落进来，照在镜子上，一片刺眼白光让冷颖忍不住眯了眼。胖子李三就是这个时候走进店内的，他见店里只有冷颖。打扮得人模狗样的李三觉得时机已经到来，他从背后将冷颖拖入洗护区。这是被屏风挡住的另一个世界。人们总是对看不见的地方充满臆想。冷颖的尖叫声引起了刚从门口经过的阿辉的注意。他推开门时，李三已经从屏风后面出来。冷颖紧跟着出来，她对阿辉说，洗头吗？

深夜，当客人都走了，阿辉带冷颖去路边一家烧烤店。冷颖说，谢谢你，要不是你，我……阿辉端起酒杯，将冷颖的话挡回去，做我女朋友吧。冷颖一愣，你说什么？阿辉又呷一口酒，带了几分煽情，往后余生，让我保护你。

因为阿辉，冷颖很少再受骚扰。冷颖的老家在 S 市，回去一趟不容易。新婚夜，冷颖说，阿辉，以后我的生活中只有你了。不知道为什么，听到这样一句话，阿辉并没有想象中兴奋，显得很平静，他似乎得到了什么，又失去了什么。阿辉不去思索一些没有答案的问题。冷颖很快出来单干，自己开了一家理发店。门店虽小，但是老板娘年轻，又有几分姿色，生意并不比以前的理发店差。那些男人们见到阿辉就说，你小子把店都搬回家了，还要怎样啊。每当这个时候阿辉就递过一支烟，他斜着眼，深吸一口，烟自鼻孔冒出，你们不懂。

最近一段时间，冷颖的下体总是出血，她当是例假提前，并未在意。过了几天，血依然不止，且有血块落下来，在卫生巾上结成更大的暗红血块，冷颖在卫生间里一阵晕眩，险些摔倒，怀着忐忑的心去医院检查，竟是宫外孕。女人呵，要面对一道道关卡，情关难过，生育关难过，这一生有太多关卡。冷颖母亲特意从老家赶过来，娘俩关在房间里，嘀嘀咕咕，说着一些阿辉听不懂的方言。老太太只待了几天，她也有自己的家，自己的男人要伺候。临走时她用蹩脚的普通话对阿辉说，我们女人家，嫁鸡随鸡，这里以后就是冷颖的家了，你是个好男人。冷颖母亲已经很老了，她脸上一层层的褶子，耷拉下来，皆是岁月的痕迹。这张脸往哪里搁，哪里就是真理。她只是轻轻拍了拍阿辉的手背，阿辉却如被一把锋利的刀抵住，这把刀将在以后的日日夜夜悬于他的头顶。

女人的身体就像一块土壤，养得好，自然康复得快。那段时间，阿辉鞍前马后地伺候，辛勤地耕耘着这块肥沃的土壤。新婚的新鲜感还没过，况且他娶的还是一个美人，一个远嫁的美人。

3

事情的转折点在阿辉换了工作以后。阿辉本来在家附近的工厂当机修工，早出晚归，女儿出生以后，也能照应。一次偶然的聚会，他朋友高健听说阿辉在厂里当机修工，拿着几千块的工资。当即作主，胸脯一拍，让阿辉跟着他去 A 市发展。兄弟的情谊在推杯换盏间展现得淋漓尽致。阿辉说要回去与妻子商量。然而身为生意人的高健，习惯了做决定，他当即拿了主意：男人做事，不用事事去问女人。

阿辉跟着高健走了，临走前他将女儿托付给了父母，叮嘱他们多帮衬点儿冷颖。他是在午夜，趁家人熟睡时走的。阿辉贴近冷颖，想在分别前再温存一次，然而冷颖只是给了他一个冷冷的背影。月光下，冷颖的背影犹如一座清冷的山谷。良久，阿辉似乎听到了轻微的叹息声。围城里的女人大抵擅长将男人们往外推，以此来营造自己一人在城墙内伶仃的悲惨模样。阿辉以为这只是短暂的，床头打架床尾和，最多三五天就好了。

　　冷颖天性疏离，接待客人也越来越潦草，能用歌声解决的，绝不开口说话。小小的理发店一天到晚充斥着各种音乐声。阿辉走了，她仿佛又回到了在理发店当学徒的光景，男人们走马观花般地在她店里进进出出，阿辉的母亲盯得紧，一天到晚门神一般坐在门口，也不知道是在提防冷颖还是提防那些男人。冷颖并不在乎，她可以一连几天不找阿辉。阿辉像一阵海浪漫过她的生活，又流向了远方。有些男人注定是多情的海浪，只有到更广阔的海面，才能掀起更大的浪潮。留在这小小的小镇，阿辉只是一潭死水，整日是晦涩的，脸上的表情也是死板板的，嘴巴向外凸起，一副郁郁的模样，似收不回外债的苦主。

　　在冷颖之前阿辉也有过别的女人。女人嘛，总是好打发的，哄一哄就好了。再不行就拿钱，将她们的心砸软。这是男人追女人的通用"宝典"。唯独冷颖，他们明明生活在了一起，阿辉却始终觉得她不可亲近。有些矛盾，只有在走近了彼此才能发现，他们之间隔了一层玻璃，同在一个屋檐下，说着牛头不对马嘴的话。他只能进入她的身体里，抵达不了她的精神领域，他们仿佛行走在同一个空间里的两条平行线的人。自从开了理发店，冷颖的收入更是超过了他。小镇里的闲言碎语多了起来，冷颖的手仿佛有魔法，她只要轻轻一挥，小镇里的男人就会自动把脑袋送过来，任她揉搓。

阿辉住的宿舍很简陋，朝北，冬天的时候，风毫不客气地灌进来，冰窖一般。门口黑洞洞的，似一张缺了牙齿的嘴，不知好歹地对着来往的人。通往终点的路有无数条，就像一个迷宫，换一种走法，也许就能走出困局。然而人们习惯选择走同一条路。老一辈人将此唤作"不撞南墙不回头"！

阿霞斜穿过马路，走向那条阿辉住着的街道。她看到一个女人的身影在黑洞洞的门口晃了一下就进去了，在影子消失前她看清了女人的脸——她看到自己鬼鬼祟祟的脸在门口倏地张望了一下，飞速地钻进了那个黑洞。阿霞又看到一个身影在黑洞里逐渐清晰起来，那是一个男人的脸，俊朗、挺拔，脸上却盖了一层风霜。风霜印在男人脸上的褶子里，这是一个不再年轻的男人。

床铺很简单，行李箱靠在角落，一张木板被两张凳子架着，就是一张临时的桌子。桌上放着牙膏洗发水等洗漱用品。门开着，阿辉在对面的公共厕所里洗衣服。阿霞第一次见到男人洗衣服。阿辉的手充满了男性的魅力，她拒绝不了一个会做家务的男人。在阿霞的老家，她只看过女人们洗衣做饭。阿霞沉醉在阿辉不停揉搓衣物的背影里。她的身体里有异样的情愫升腾起来。她渴望那具挥洒的躯体，渴望从背后抱住他。她的脸颊滚烫，今年的夏天特别燥热。奶茶是早就泡好的，阿霞一边喝着奶茶，一边嗑着阿辉早就准备好的瓜子。他还准备了她爱喝的咖啡。每次他们出去，她都会挑一瓶这个牌子的咖啡。阿霞没想到这样的细节也被阿辉留意到了。人们更愿意将精力花在陌生的人上面。她和阿辉有一搭没一搭地聊天，彼此默契地避开谈论冷颖。阿辉偶尔会回过头来回应阿霞的话。湿漉漉的衣服被阿辉晾在室内，没有拧干。水滴很快滴淌了一地。水滴渐渐风干后，在地上留下淡淡的印迹。

　　太阳光透过玻璃窗照射进来，细细的尘埃在房间里升腾起来，上下起舞，好似一团烟雾悬浮在空气中，阿霞一时感到迷惑与忧郁。阿辉已紧挨着她坐下来，一切像在梦境里。不知道什么时候，她已经躺在阿辉身下。光在房间里移动，窗的影子从地上挪到墙上。阿辉打了一盆水进来，从床头的热水瓶里掺了一些热水进去。阿霞蹲在脸盆上，一遍遍擦拭自己的身体。忽然一阵便意袭来，她起身穿好衣服。阿辉说，水放那儿我来倒吧。阿霞走进破败的卫生间，马桶盖是破的，她试着冲了一下水，没有反应，冲水阀也是坏的。马桶边沿沾满了形迹可疑的污秽物。阿霞将两只脚踩到了马桶边沿，她听到了一股热气腾腾的声音。

　　阿霞出来的时候，隔壁的门忽然打开了，一个胖墩墩的中年男人出现在门口，他像窥探秘密一样盯着阿霞。阿霞赶紧回到屋内，男人的背影消失在楼梯拐角。更多的时候，隔壁的门都是紧闭的。阿霞只在晚上见过这个男人一次。阿霞的心被这个忽然在白天出现的男人打乱了。他那过来人的眼神灼伤了阿霞，好像一切都在他的意料中，一切皆在他的掌控中。阿霞陷入了某种混乱的困境，为情所困的阿霞，站在屋内的阳光下，阳光打在她的脸上，少女脸上的绒毛在阳光下闪着透明的质地。阿霞将迷惘的眼神通过光线，传递到阿辉身上。年轻的阿霞选择了一个与她不在同一个台阶的男人。男人会不会伸手拉她一把？还是走完一程就走向另一个拐角？空气里裹着一层薄雾。

　　手机铃声尖锐地响起，划破空气中的薄雾，穿透暧昧的光。男人如梦初醒。阿霞看着阿辉利落地收拾。

　　是她吗？

　　谁，她是谁？

阿辉说，对不起，我必须得离开了！

男人从黑洞里钻出来，飞速地穿过马路，女人被抛在身后。街对面空荡荡的，只有一排绿叶子闪着寻常的光，像一颗颗多余的绿宝石，人们已经司空见惯。

阿辉长时间地在房顶走动，他的工作就是日复一日地行走在楼顶。他的手机记录了他每天行走的步数，他每天都要走一万多步。长期的行走使他过早地患上了脚疾。无数个夜晚，他的脚后跟在黑夜里隐隐作痛，如被一头头小兽啃噬。

阿辉在路上飞奔，快要迟到了。连续几日暴雨，雨刷器也赶不尽倾落的雨柱，视线忽而清晰，忽而模糊，就像这无法确定的生活。他隔着雨帘仿佛见到阿霞，香水味隔着时空钻进鼻孔。雨刷器晃动了一下，阿霞的脸变成了冷颖。只有结婚证能证明他与冷颖的关系，他们是法律上的合法夫妻。一个男人与女人的关系，需要用一张证来终结。雨水并不纯洁，落到哪里，哪里就是一片混沌。又是周末，又是辅导班。

钱呢，你的工资呢？冷颖开始追问阿辉的工资。当一个女人开始只同一个男人谈论钱的时候，问题反倒明朗起来，钱能解决情感面临的困局，能将死胡同打通。

我人也没落着，钱也没看到，我图什么？

对啊，钱呢？冷颖需要大量的钱，她只要阿辉的钱。只有钱，只有一沓沓红彤彤的钞票，才能让冷颖感到踏实。男人的钱在哪儿，心就在哪儿。女人花谁的钱，心就在那个人的身上。

冷颖冷冷地说，女儿的辅导班马上要续费了，一万块！这钱由你这个当父亲的出，不过分吧！

冷颖尖锐的声音飘满了空荡荡的房间。中年夫妻的生活，除了讨论钱，讨论生活中的屎尿屁，还能讨论什么？

　　每一次回家，阿辉都会产生一种疏离感，他总要花上好几天才能重新认识自己的身份，在这个地方，他有一个妻子，一个女儿，他是一个丈夫，亦是一个父亲。当他终于适应了家的气氛，适应了床的温度，适应了妻子柔软的身体，适应了自己的身份，他又要出远门了。生活就是周而复始的循环，每个人都在不停地接纳与被接纳。

4

　　火车一直向前，车窗外的建筑物、河流、公路、车辆不停地倒退。隔着玻璃看外面，一切忽然简单明朗起来，世界在某个瞬间沉寂。阿霞只在火车上经过 S 市，有那么一瞬间她有下站的冲动，前方到站正是 S 市。然而她的身体沉重地嵌在座位上，她迷失在相似的建筑物之中。她不知道阿辉此刻正在做什么，陪妻儿吃饭，送孩子去辅导班，或者正在跟妻子卿卿我我？然而她只能猜想，她缺少了一种身份，她只能等待。火车在经过短暂的停留后又开始前进，山峦在远处静默，空旷的平原上亮起点点灯火。火车呼啦冲进一座山洞，窗外陷入一片漆黑。月亮像被切了一半的饼，落在无边的银盘里，它的另一半，落在何处？

　　阿霞站在某一个墙角，一个阴暗的地方，光被恰到好处地挡住。一盏灯光代表一个家庭，一种归宿，此刻的万家灯火，令阿霞迷茫，她看不到属于自己的那一盏。每当阿辉回到家里，接到阿霞的电话的时候，语气就变得公事化，他将话题延伸到妻女身上，我跟我老婆一起，我们正在去学校的路上。"老婆"两个字被阿辉吐得字正腔圆，分外的庄重神圣。谈话变得严肃，阿霞似乎看到一个不再年轻的女人坐在副驾驶位置上，坐在她曾经坐过的位置上。副驾驶位上的女人的面孔渐渐变得模糊，只剩一个女人的轮廓，是她，是冷颖，或是别的女人？

阿霞变成了一只夜鹰，目光敏锐，潜伏在阴影处。一个女人，想要从暗处走到明处，必须得有敏锐的嗅觉、果断的决策力。房子有些老旧，门牌号分得有些细，一百三十二号是阿辉家的编号。夜晚是行动的好时机，每个夜归人都急于奔赴自己的那盏灯，没人留意到灯光之外的阿霞。阿辉家的房门紧闭，屋内一片漆黑，很显然，他们还没有回来。虽然有些难找，但没有什么能阻挡得了一个歇斯底里的女人，当一个女人全身心投入一件事情当中，十有八九能干成大事。然而男人除外，女人投资男人，往往血本无归。

仿佛某种神奇的感知，阿辉的车出现时，阿霞一下子就看到了。就像一款"找不同"游戏，在众多来来往往的车辆里，阿霞毫不费力就认出了阿辉的车。副驾驶上的女人并不像阿辉口中那样不堪，甚至在夜色中显出一股中年女人特有的风情，风拂动着她微卷的齐肩短发，月光照在她的脸上，这是一个充满烟火气息的女人。阿霞看着他们将车停在门口，从车上下来一个蹦蹦跳跳的小女孩，一个风韵犹存的妇人，以及一个鞍前马后拿东西的男人，多么其乐融融的一家人，阿霞落荒而逃。

然而阿辉坚持说，自己跟冷颖始终处于冷战期，他只是在尽一个丈夫的职责。当他回到 A 市，看到冷若冰霜的阿霞时，他的神色逐渐黯淡，心事渐渐浮上心头。就在他回 A 市的那晚，他在外面喝得酩酊大醉。他借应酬的名义将自己灌醉。他不停地给阿霞打视频电话，阿霞接了其中一个，视频另一头的阿辉刚好对着马桶在呕吐，这是一个伤心欲绝的男人。除了在家里，男人说，任何时候你都可以给我联系。阿霞只是冷冷地挂了电话。她说我们都需要冷静。S 市的那一夜，夜色中那辆副驾驶位上坐着冷颖的车，一直在她脑海里开来开去，碾压着阿霞的神经。

连日的强降雨，老家的房子又灌水了。混了泥浆的水不断从家门口的河中流过，母亲害怕，便搬到了冷颖家小住。阿辉说，作为丈夫，作为儿子，我回不去，我只能在他们发给我的视频里看房间里被水漫过的家具，跟他们说注意安全。阿辉说，我亏欠他们太多。阿霞冷笑，这与我何干？

阿霞不辞而别，连工资都没有结清就走了。只是在电话里跟高健说以后她不来上班了，她要回老家了。万千灯火，阿霞也想有一盏属于自己的灯。现在，她要去寻找那盏灯了。阿霞说，阿辉，我给你保留一盏灯的权利。如果我感受不到灯光的温度，为什么不离开呢？世俗的绳索被夸张渲染成了无法挣脱的毒蛇束缚，人们害怕一旦离开，就会中毒身亡。他们只配以各种理由、借口聊以自慰。

冷颖是一个心细的女人。有一次，她与阿辉一起去接女儿，在驱车前往学校的路上，阿辉接到了一个女人的电话，这本是一个寻常的电话，然而阿辉表现得过分冷淡，他跟电话里的女人说，我跟我爱人一起。敏感的冷颖捕捉到了阿辉的反常。他在看似寻常的谈话中给对方透露了"不要乱说话"的信息。

冷颖没有声张，在没有想好如何应对前，她只能沉默，渐渐地，她也习惯了没有阿辉的生活。不管他走到哪里，无论她怎么对他，他们之间始终被一张证捆绑着，外面的女人能得到什么？更何况，曾经他们也甜蜜过啊。除了在床上，任何时刻，他们都像一对恩爱夫妻。冷颖给店里的男客人剃胡须，偶尔也给阿辉剃胡须。冷颖小心翼翼地给阿辉刮胡子，看着阿辉滚动的喉结，紫蓝色的血管，脑海里偶尔会闪过可怕的念头：手中的剃须刀，会突然割破阿辉的动脉，瞬间鲜血喷涌。光是想一下这个画面就觉得很疯狂。冷颖忍不住一个激灵，一股快感瞬间蔓延全身。每对夫妻，都曾有过要杀死对方的冲动吧？

阿辉在心中动了无数次离婚的念头，他想起很多年前，在理发店做学徒时年轻的冷颖，沉默寡言的冷颖，惹人怜爱的冷颖。是什么时候开始，从有说不完的话到无话可说的？他自以为天衣无缝，却不知早就被洞悉一切。阿霞已经失踪很多天了，除了高健，任何人都联系不到她。阿辉幻想着跟阿霞一起生活的日子。忽然他又想到阿霞可能会变成另一个冷颖，顿时浑身冰凉。阿辉始终鼓不起勇气跟冷颖提离婚，他想起冷颖母亲说的话，女人结了婚，就没有自己的家了，男人就是他们的家。他亦没有勇气去找阿霞。从高健口中得知，她已经回了老家 Z 市。

当车轮向前，当一切都没有退路，阿辉在酒意朦胧间似乎看到阿霞的影子，恍惚间阿霞又变成了冷颖的样子。头痛欲裂，迷迷糊糊间，一阵尖锐的刹车声于人群中传来，阿辉在从车窗跌落出去的时候，好像看到了天空中的月亮。渐渐地，月亮变成了一道光晕，他有些捉摸不透。

在重症监护室昏睡了无数个日夜，阿辉终于醒过来。醒过来的阿辉头痛加重，除了冷颖、女儿、父母，阿辉看到任何一个人都会为认出对方是谁而感到头疼。他不知道，曾经有一个叫阿霞的女人偷偷在监护室门外停留过，一如当年她偷偷来到 S 市，看到他们和谐的一家三口，决绝离去。在他昏睡的这些天，照顾他的，除了母亲，只有他的妻子冷颖。冷颖想，他终于是我一个人的了！当他转到普通病房，已经能正常交流时，高健来探望他时，问他接下来有什么打算，想继续留在 A 市还是回 S 市。下意识地，阿辉的头开始痛起来。

Z 市，他说。

佛珠

1

安然推开卧室门的时候，明伟还睡在床上，他已经失业了一段日子。称心的工作总是在招聘启事里，而现实不尽如人意，明伟因此一蹶不振，他有了更多待在家里的理由。

路过楼下二十四小时药店时，安然忽然想到例假已经推迟一个星期了，她想到最后一次与明伟一起时并未做任何防护措施，当时她的例假刚走没几天。每个月的那几天是明伟最放肆的时候。男人们对安全套的敌意，就像女人们喝咖啡时对方糖的排斥。安然心里想着，不会有了吧，她对药店的渴望更进了一步，她渴望走进那扇门，渴望某种猜测得到证实。当一个人的内心倾向于自己所希望看到的结果时，事情就会朝着那个方向发展。安然失踪的例假正带着它的主人朝着某个方向一意向前，也许会彻底打破她眼前的平静生活。她与明伟的关系还不太稳定。明伟虽然年近四十，却依然玩心很重，像他这样的浪子，身边少不了莺莺燕燕，况且他已经赋闲在家一段时日，终日沉迷网络，也不像是一个合格的父亲。只是女人花期到底短暂，与男人耗不起。

明伟对她已经越来越没耐心了，最初交往时明伟带她去酒店，在豪华的单间里点一桌子的菜，细心地为她剥虾壳，给她夹菜。那一副温存深情的模样，似乎是很久以前的事了。后来，明伟便开始带她去吃路边的麻辣烫，甚至有几次是安然付的钱。明伟开始公然挑衅安然的衣品，他冷笑着说她穿着黑白条纹的连衣裙像一只可笑的斑马，他嫌她做菜盐不是多了就是少了，他嘲笑她古板的短发，男人婆似的，他甚至痛斥她为什么胸上的肉那么少，就那么二两肉也缺斤少两。在他的眼里，安然身上的缺点永远比优点多。当一个男人对女人审美疲劳时，就是他们失去耐心的时候。这对安然来说是个危险的信号，安然想借此机会赌一局，她希望自己是明伟最后一个女人。男人嘛，结不结婚都一样，喜新厌旧，得不到的永远在骚动，不过这些都无所谓，手里握着一纸证书的那个才是最后的赢家。至于以后，呵，等他老了，玩不动了，再慢慢收拾他。

安然是有私心的，她爱明伟，同时也有自己的小算盘，她与前任胡严松就是因为地域差距分手的，明伟的本地户口能让她顺利在S市落户。明伟对她前后态度的差异，让她几乎可以用忍辱负重来形容。安然在药店门口踟蹰着，出来时包里还是多了一盒试纸。

明伟住在十九楼，他住的小区虽然楼层高，地处闹市，却是老房区。这是S市最早发展的区域，房子的格局是二十世纪九十年代的，墙体是绿色的，带着灰色的斑驳，每一个楼层都装了铁栅栏，历经风吹日晒，栏杆早就锈迹斑斑。阳台上晾晒的衣物与绿色植物，向过往车辆展示着这里的烟火气息。从电梯上去，是一条灰暗的走廊，廊灯经久失修，像一只坏掉的眼睛贴在廊顶，一切都笼罩在灰色的雾气里。走廊尽头堆积着一些无用的物什，它们经年累月地伫立在角落，已然被遗忘，终年沉默着，审视着在电梯里进进出出的男女。

明伟正靠在床上刷手机，他一米八几的个头，已然发福，躺着也掩盖不了日渐肥大的肚腩，只是腿还是细长的，身材比例极不协调。这个男人，躺着的模样像极了一条鲇鱼。然而中年男人们尤以啤酒肚为傲，明伟看了安然一眼，眼神一亮，就像窗外的春光透过窗帘缝隙钻进来，挡也挡不住的春意荡漾。安然已经很久没有见过这样的眼神了。她今天穿了一件黑色束腰娃娃裙，裙子上镶嵌着带有花纹的蕾丝，肌肤在半透明的纱裙里若隐若现，束腰的设计又将她的胸完美地包裹了起来，呼之欲出。

安然靠着床沿坐下，将手上的佛珠取下，置于床头柜上，那是一串草珊瑚佛珠，是安然的女客户在杭州一个寺庙为她求来的。自从与胡严松分手后，她就迷上了手串。安然的首饰盒里，有大大小小、五颜六色的手串，这些手串都是开过光的，当然，这些都是精品店里的小姑娘们告诉她的。

明伟的手不老实地伸了过来，他对安然今天的穿着很是满意，说这才是女人该有的模样。安然挣脱开男人树藤一样缠绕过来的手，望了一眼桌上的白色坤包。

我可能有了。

那极低的、软媚的语调，一如她往日的姿态，低眉顺眼、任凭处置的模样。

明伟虽然暂时处于低迷期，然而本地人特有的优越感一点儿都不带含糊的，他那玩意儿忽然就软趴了，一副扫兴的模样，脸上带了愠气，又有几分怀疑。

真的假的，你不会诳我吧！

阳光从缝隙中小心翼翼地照进房间里，到处都是橙色，像裹了一层金光。

一阵沉默，明伟以不容置疑的口吻说道，

赶紧去做了吧！

完全不是商量的语气，这事没得商量。明伟说这句话的时候，咬牙切齿，丝毫不顾及往日情分。情分就像楼下花坛里的蒲公英，风一吹就没影了，消失得无影无踪。

安然诧异地望着眼前这个男人，男人果然是裤子一提就翻脸，哪管曾经花前月下、海誓山盟，那些曾经让人脸红心跳的情话仿佛不是眼前这个男人说出来的。他那"做掉"的口吻，完全像一个不懂事的孩子玩腻了手里的玩具一样，说扔就扔。

安然将目光转向床头的佛珠，想到她第一次与明伟一起时，也是戴的这串佛珠，当时她还未来得及卸下佛珠，将它收好，便淹没在明伟饱满的情欲里，一切都是那么突然。她还没回过神来，床单上淡淡的血迹已经将她卷入另一种生活。

女客户把佛珠交给她的时候，曾经告诫她佛教用品切忌带进卧室、厕所等一切不洁的场所。冥冥中，安然觉得一切皆有定数，她犯了大忌。女客户在送了安然佛珠后，又带她去了隐藏在杭州某寺庙内的精品店。店铺装修得古朴古香，颜色各异材质不同的串珠，在灯光的照射下闪着欲望的光，有求财的，有求姻缘的，有求子的，也有求健康的。墙上挂着几幅裱了框的西藏活佛画像。佛说，人有一百零八种烦恼。安然在店铺里转了一圈，忍不住轻笑，当一百零八种烦恼都被解决，也许第一百零九种烦恼就来了。

2

胡严松从北方一个闭塞的小村庄走出来，他走到了安然的面前。在经过了几次相处后，他提出，要带安然回他的家乡看看。

在S市老旧的小区门口，胡严松与安然坐在斑驳的台阶上，远处就是高楼，霓虹将天空照亮，星星被隐藏在五彩斑斓的灯光里。然而总有光到不了的地方。胡严松与安然坐在昏暗老旧的小区里，抬头仰望，他们看不到星星。

胡严松说，我们回老家开一个面馆吧，再生一群孩子。

安然忍不住抖动了一下身体，她想到胡严松租住在不到六平方米的房子里，一张床几乎占据了整个房间，床上的被子不知道多久没洗了，硬邦邦的，散发出一股酸臭味。在安然第一次提出，去胡严松住的地方坐坐时，当他们穿过一条马路，从高楼走向平房，胡严松忽然说，瞧我这个记性，把钥匙落在公司了。

胡严松带着安然去了弄堂里的小旅馆。他们又从大马路穿到一条逼仄的弄堂。弄堂上方的窗户里伸出一根根晾晒衣服的竹竿。那些贴身的私人衣物，正招摇地在城市上空飘荡着。

老板娘是一个肥胖的中年妇女，她一边嗑瓜子一边给了房卡，在胡严松带着安然往那个隐秘的楼梯上走时，她又说了一句，空调房加十块钱！

安然感受到胡严松犹豫了一下，然后接着往上走去。

潮湿的天气，闷热的气息迎面扑来。

最后是安然下楼补了十块钱。小小的白色的遥控器被捏在安然手里，她感到无限悲凉。窗帘将房间里的光与外界阻隔了。

胡严松不行了，作为一个男人，他失掉了应有的硬气，他无力地趴在安然身上，即便他将安然全身吻了个遍。安然像湿漉漉的海藻，忽然被人搁浅在岸边，水分渐渐流失。在 S 市，胡严松失去了耕耘与播种的底气。

安然最终还是去了胡严松租住的地方。她像一个窥探者，执意要揭开胡严松的底牌。在那个狭小发霉的空间里，她一个人醒了一整夜。胡严松把她送到的时候就去了网吧，一条无形的网阻挡在了这个男人与女人之间。天亮的时候，胡严松提着早餐回来了。他再一次邀请安然一起与他回老家，胡严松说，我们在老家生一堆的孩子。

安然看着热气腾腾的早餐，身上传来被某种昆虫噬咬过的疼痛，她直直地盯着胡严松，我们以后不要再见面了！

早餐在逼仄的空间里逐渐冷却。

胡严松找了安然几次。他一直在安然租住的小区楼下转悠，希望能让这个女人跟他一起回老家。

为了躲开这个一厢情愿的男人，安然在同事家住了好长一段时间。在确定胡严松不会再出现时，她终于恢复了正常的生活。

胡严松确实从她的生活中消失了。

3

五月的时候，安然跟着精品店的人去了一次九华山，精品店的老板组织了一场祈福会，那是一场漫长而又让人眩晕的旅程。车子一直在山路上盘旋，山的另一边是悬崖峭壁，望一眼便觉惊心动魄，安然一直在昏睡，恍惚觉得她的人生也在百转千回间模糊起来。安然本想邀请明伟一同前往的，明伟却推说有事要去一趟外地。车子在经过一次又一次的盘旋后终于停在平地上。一下车，安然就蹲在路边不停地干呕，戴在手上的草珊瑚佛珠吸收了人体分泌的油脂，显得饱满圆润，仿佛被血浸润过。

夜晚，安然一个人行走在幽静的山路上，路两旁古木参天，松柏森森，夜风裹挟着凉意，安然忍不住打了一个冷战。古老的寺庙在夜雾的笼罩下，如浮云剪影，显得分外沉寂肃穆。走得倦了，安然便在路旁的石凳上稍作休息。路上有三三两两的善男信女，然而没有她的明伟，明伟已经很少主动联系她了，他们没有结婚，却过出了老夫老妻的感觉，不常在一起，不再过问对方的行踪。精品店的小姑娘来电让安然将随身携带的手串打包收好，然后统一由寺庙的高僧加持。安然怀着虔诚的心，将近些年在精品店请回来的手串放在一个红色的锦袋里，她交出去的不仅仅是串珠，更是自己滚烫的心。

心有所想，方可成真，安然在心里默默祈祷。

接下来的几天里，安然又跟着精品店的人参加了放生活动。一筐筐的活物被人们相继倒入湖里，游向深处。远处，坐着一个垂钓的人。

在一个萧条的村庄里，安然见到了精品店资助的贫困户。木门开关时发出吱呀声，像是被碾碎的呻吟，男主人长期被病痛折磨，躺在阴暗潮湿的木床上。踩着泥泞的土路，安然一行人跟追出门口的小男孩道别。那是一个羞涩的、脸上有两坨红晕的男孩。村庄有一种野生的、颓败的美，没有人在意它的走向。

安然想到了胡严松，他的故乡，是否也是这般破落？她也只是在失意的时候会想到他，内心泛起淡淡的涟漪。这样不痛不痒的波澜，很快就被明伟带给她的美好愿景抚平。她还是要跟明伟过的。

明伟是安然的第一个男人，她是要嫁给他的。床单上的血迹并没有给这个男人带来惊喜，一个四十岁了还单身的男人，要想他走进婚姻的殿堂，必然是要费一番心思的，世俗的道德感绑架不了他。

安然见过明伟的母亲，那只是一次偶然，并不在明伟的计划里，是安然打乱了他的计划。不管明伟出于什么心态，对于相恋的人来说，见父母意味着双方的关系更进了一步，是对彼此身份的肯定。

那是一个黄昏，他们相约去看电影，在去电影院的路上，明伟忽然说要去一个地方。出租车停在一个相当老旧的小区里。暮色中，明伟穿过黑影重重的花坛，他转过头叮嘱跟在后面的安然。

你在这里等我。

明伟的语气充满了本地人的优越感，将安然挡在了门外。

安然站在一棵杉树下，暮色渐浓，晚风捎带着一丝冷意袭来，她不禁打了个冷战。这是一个布局有些复杂的小区，房子不高，一幢幢楼房错落无致地林立着，每一幢房子前都有一个花坛，绿色植被在夜色中如带了心事的少女，静默不语。

女人在心里揣测着明伟要去见的人。她与明伟交往了一些时日，也见过几个明伟的朋友，到底是怎样的一个人，能让明伟把她一个人抛于陌生的小区，完全不顾她的感受。

安然在风中站了一会儿，独自一人在陌生的地方，她的世界变小了，当一个男人走进了一个女人的生活，这个女人的世界就会变得更加狭小，除了睡着的时间，她醒来时，脑子里第一个冒出来的人便是明伟。这会儿，她心中竟有几分戚戚，她望着楼房里亮着的灯光，想明伟会在哪个房间里呢。她终于按捺不住，给明伟发信息。

我怕，你几时能下来？

明伟倒是很快就下来了，他的身影出现在某一幢房子的楼梯口，他向着安然走来，

我倒是看不出来你有这样的心机！

他一脸不悦地看着安然。

没有电梯，一男一女在昏暗的廊灯下走上了楼梯。弄不清到底拐了几个弯，明伟打开了楼道里的一扇门。

进门的右手边是一张靠墙的床。明伟迈着大步直接走到床旁边的沙发上坐下，往后一仰，整个身体便陷进去了。他用极其不满的语气对安然说道，我妈在床上躺着呢，你倒是打个招呼！

安然这才发现一个身形瘦小的老太太正靠着床背，她被紧紧地包裹在被褥里，只露出一个脑袋，然而她的神态依然透着优雅，头发一丝不苟地向后梳着，盘成一个发髻，依稀看得出年轻时的风韵。

老太太抬起眼皮看了一眼安然，微微点头，保持着长辈应有的姿态，她盘弄着手里的一串木质佛珠，问了安然诸如老家在哪里，今年几岁，在哪里上班之类的问题，安然一一如实道来。她瞧见了对面镜子里惶恐的少女，一朵羞涩的花就此被打开。小区里的树木散发着芬芳，那是树木独有的绿色味道，她见到了明伟的母亲。这是对她和明伟的关系，极大地认可。明伟嘴巴虽然尖刻了一点儿，毕竟也下来接她了，在他的心里，安然已经同其他女人区分开来了。

那一晚他们看的电影是《叶问》。电影散场后，安然没有回家。酒店的窗帘涌动着红色炽烈的影子，窗外隐约传来车轮压过马路的声音，缠绕成一首魔幻的催情曲子，安然陷进了白色的床单里，在她闭上眼睛前，映入眼帘的是窗帘后倏而闪过的红色幻想。

后来，安然又跟着明伟去了一次他母亲的家。安然给老太太买了一

串几种颜色拼凑成的佛珠，寓意"福禄寿"，她卑微谨慎地，带着讨好的语气对躺在床上的老太太说，这是活佛加持过的！

老式的小区门口是一个广场，广场呈圆形，将附近的建筑物一分为二。南边是高大的、现代化的建筑物，北边却依旧是陈旧的老式居民楼。从广场穿过，去往老太太住处的时候，明伟往地上啐了一口痰，然后说，城市改建，拆迁拆到这里就停了！

4

明伟已经起身坐到了电脑前，他在玩一款游戏，屏幕像旋转的万花筒快速地变换着。安然看到无数个人影在屏幕里来回走动，那些不停走动着的虚幻的卡通人物让安然感到困惑，其中一个便是明伟的化身。在安然看来他们长得都一样，她不明白明伟为什么会对那些来回走动的人感兴趣。一个四十岁的男人，正值壮年，然而这个男人失业了，每日除了睡觉就是沉迷于虚幻的网络游戏。

我的例假已经七天没来了，安然说。

明伟不停地移动着鼠标，沉浸在虚幻的厮杀里，他似乎没有听到安然的话，又或许他听到了，沉默是他发出的抗议，他还没有准备好做一个父亲，他甚至都没有想过，要跟安然走进婚姻这座单调的坟墓。

安然看着无动于衷的男人，心里忽然产生一种冲动，她伸出手似乎探到了窗外的阳光。阳光赐予了她勇气。电脑屏幕陷入一片漆黑，安然想到了她在明伟的身体下面，当她闭上眼睛，整个世界沉浸到一片黑色的漩涡里。安然拔掉了电脑电源。

明伟恼羞成怒地骂了一句，疯女人！

安然说，我说我的例假没来！

面是安然去菜场买来的。从饭店包间到路边麻辣烫，再到厨房，安然一步步走到了明伟身旁。厨房代表了一个家庭的烟火气，安然喜欢这种脚踏在地面上实在的感觉。穿过菜场需要经过一条狭长的青石小巷，路两旁种满了绿色植物与各种颜色的花卉，安然穿梭在花丛间，沉浸在回忆里。回忆在路两旁的建筑物里，在绿化带里，在每一条走过的街道里。回忆就像呼吸，在安然的胸腔里不要脸地进进出出。安然煮了一锅水，当水快要沸腾时，她把面放到了水龙头下面。瓜果蔬菜要洗，生禽海鲜都要洗，她想也没想把面泡到了水盆里。她迫切地想要跟明伟组建家庭，那么从现在起，他们就要把酒店戒掉，把电影院戒掉，她要为这个男人洗手做羹汤。她没想到，面一泡在水里就成了一坨粘在一起的面糊糊，它们全都缠绕在一起，难舍难分，令人沮丧。安然端着两碗面糊糊走进来，她唤了好几声，明伟，吃饭了，男人才恋恋不舍地从椅子上挪开，然而当他看到面糊糊时，忍不住低声咒骂起来，他质问安然到底会不会煮面。

明伟骂骂咧咧地摔门而去，没一会儿，他就拎了一袋鲜面条回来了。很快，两碗热气腾腾的面就被端上桌来，上面撒了几粒绿油油的葱花。他看着安然，指指面，看到没，这才叫煮面！

早孕试纸一直被安然放在包里，仿佛它不被打开，某种猜测就会得到证实。安然既想知道结果又害怕结论被推翻，她怀着对新生活的期盼，又有对未知生活的担忧。安然忍不住再次暗示明伟，她的例假推迟好几天了。她希望明伟能读懂她话语背后的另一层含义，说出她想听到的话。

然而明伟变得很冷淡，其间他联系过她一次，询问她孩子打了没。他根本就不关心安然是否真的怀孕了，他在逃避，他希望安然能独自将问题解决。

安然想过要找明伟的母亲，一个男人多少会听取母亲的建议。然而那晚的小区就像迷宫一样，安然发现仅凭她一个人根本到达不了那个暮色朦胧的小区。

安然只能给明伟发一大段一大段的信息，她甚至连孩子的名字都想好了，她说你不能剥夺我成为一名妻子的权利，更不能使我失去做母亲的权利，安然说我已经学会煮面条了，不信我给你煮。

局面有些不可控制。

明伟说，安然你冷静一点儿，我们现在还不适合要孩子。

这是一个极力拖延的男子，他在劝一个被爱冲昏了头的女子。当一个女人为男人疯狂时，她就会走进一个怪圈，这个圈子里只有她自己跟那个男人。到处都是刺眼的镜子，然而她只能看到她自己，男人幻化成了模糊的影子。

明伟失踪了。他断绝了一切跟安然有关的东西。女人们疯起来让人望而却步，她竟然试图把他拖进坟墓里。安然只能从他的朋友口中得知零星关于他的消息。他们曾经一起居住过的房子是他租来的。为了躲避安然，他悄然搬了家。男人们狠心起来绝不拖泥带水。明伟办事向来利索，就像他当初不计后果地辞职一样。

明伟失踪没多久的某个夜晚，安然躺在床上刷抖音、微信、微博……她顺着一切可能的脉络来寻找明伟的影子。身下忽然传来一阵灼热。女性的直觉让她飞速起身奔向卫生间。映入她眼帘的是一片殷红，触目惊心。这些天，安然曾无数次回忆她与明伟的点点滴滴。如果说婚姻是墓地，爱情的失意让她连葬身之地都没有了。她只能依靠回忆存活。

安然将内裤丢进了垃圾桶。

第二天早上，安然走进卫生间，瞥见垃圾桶里的内裤上的血已经干涸，像极了风干的玫瑰。

褶皱

1

莫小北已经注意王国军与那个女人很久了。现在是正午时分，太阳像一个巨大的白炽灯泡，但是房间内窗帘紧闭，恰到好处地将光挡了回去，秘密被锁在屋内。那个叫孟佳娜的女人拎着一只大红色的行李箱，出现在了王国军的卧室门口。行李箱代表一段新旅程的开始，它与它的主人一样充满了神秘的气息，一段神秘的旅程将在这个小房间里开启。王国军抢先一步打开卧室的门，将女人迎了进去。卧室带有某种隐晦的含义，并不是所有人都适合一起出现在卧室里，然而王国军与孟佳娜一起进去了，王国军还随手带上了卧室的门。王国军在关闭卧室门时，连个正眼都没给莫小北。莫小北到底年轻，遇到这样的场面，她一时反应不过来，眼睁睁看着王国军急吼吼地关上了门。没有男人能拒绝一个主动送上门来的女人。暧昧的气息在房间内涌动。

这是一个厌倦了往日生活的少妇。哦，只能用少妇来形容孟佳娜。

现在，她急不可耐地奔向王国军，奔向了一种新的生活，而王国军，这个中年男人，全然忘了他身边的莫小北，忘了他一时脑热对莫小北许下的承诺。他的激情已经褪去，现在他需要注入新的元素，以保持对生活的热情。激情像渐渐西落的太阳，即便经受住了乌云的考验，也会消失在群山尽头。孟佳娜穿了一条洁白的连衣裙，她深谙穿衣之道，白色代表了她现在的处境，她急需一个男人的救赎，王国军的出现解了她的燃眉之急，不然的话她极有可能出现在午夜的某个街头。她此刻的处境并不乐观，一个落魄的女人没有选择的余地。

孟佳娜几乎是逃逸般地脱离了原来的生活，犹如丧家之犬，然而她在王国军面前还是保留了一丝神秘。一个处在弱势环境中的女人，更能激发男人的保护欲。像她这样美丽大方、端庄优雅的女人，最不稀缺的资源就是男人。只要她挥挥手，男人们就像哈巴狗一样扑过来，为她争风吃醋。只是她最近一段时间惹上了一点儿麻烦，要避避风头。同时有几个男人正在找她，其中一个甚至扬言找到了她，就要做掉她。

孟佳娜是天生的交际家，她像蝴蝶一样周旋在不同的男人之间，热衷于美容院和各种时尚沙龙。只有在那些高端的场所，她才能结识有实力的男人。她依附于男人而活。

陈建安就是在一次品酒会上认识的孟佳娜。孟佳娜对红酒的独到见解成功地引起了在场男士们的注意，陈建安也不例外。他带着欣赏的眼光落入了孟佳娜精心编织的网里。那天他们互留了联系方式。孟佳娜几乎留下了所有在她看来有潜力的男人的联系方式。能来这种高端场所的，非富即贵。当然，也不排除拿钱砸进来的暴发户。

第二天，孟佳娜就飞往了S市，她告诉陈建安她在S市有一些事情急需处理，然后她便消失了几天。实际上这些天她哪里也没有去，躲在出租屋里在注册过的各个婚恋平台上寻找她的猎物。

男人，呵！她得意地抿了一口速溶咖啡，再多我也不嫌多！

她的储物柜里有各种牌子的速溶咖啡，她依靠着咖啡因在男人间切换身份。她有一本厚厚的笔记本，记载着她认识的所有男人的详细信息，他们的年龄、职业、收入、兴趣爱好……等到时机差不多了，她就收网。每次她都能全身而退。

孟佳娜在陈建安面前的身份是一名投资者。她在 S 市投资了一个有名的项目。孟佳娜欲言又止，一副为难的模样。

抱歉亲爱的，她说，这些项目投资涉及一些机密，我很想跟你分享，但是我不能。

她开始频繁地与陈建安聊天，每次她都会挑好时机，礼貌而不失体面地与陈建安作进一步的了解。

她说，毕竟，我们是奔着结婚去的。

孟佳娜是一名独立的女性，她跟其他恋爱中的女人不一样，在男人面前，她保持着充分的理性与恰到好处的距离。

她通过朋友圈，向陈建安构建了一个积极向上、对生活充满热爱的知性女子形象。她偶尔旅游，打卡各地旅游景点，练瑜伽，去健身房，夜跑……她什么都没有对陈建安说，却通过朋友圈，向陈建安展现了多面的、丰富多彩的自己。

我们永远在一起好不好？有一次陈建安多喝了一点儿酒，他迫不及待地跑到孟佳娜的住处，深情地表白。

孟佳娜靠在沙发上，茶几上橘黄的台灯将她另一半的脸落到阴影里，使得她看上去异常冷静。

安，你喝醉了。你觉得你在醉酒的状态下跟一名女士说这些话合适吗？

陈建安向孟佳娜身旁靠拢，我反倒觉得，这才是一个男人真情流露的时刻。

沙发底下忽然钻出一只猫，通体乌黑，两只绿眼睛在昏暗的房间里倏忽闪过两道绿光。

陈建安瞬间脸色惨白，酒醒了一半，猫，你房间里有猫！

陈建安怕猫。他匆匆告别，狼狈不堪。

孟佳娜没想到被一只猫搅坏了她的好事。不争气的男人，竟然怕一只畜生。隔天她就将猫送走了。

孟佳娜十分诚挚地跟陈建安道歉，那只猫是她朋友寄养在她这里的，现在朋友已经回来，猫已被领了回去。

陈建安顿时警惕，问，是男朋友还是女朋友？

孟佳娜娇笑，要不我现在领你去我朋友家看看？

为了表示诚意，陈建安正式跟孟佳娜求婚。

然而在收了他的钻戒、聘金后，孟佳娜忽然失联了。她急匆匆地赶往了S市。最初几天，她还会断断续续回复陈建安的消息，渐渐地，孟佳娜就像投入湖心的石头，冒了几个泡，便不见了踪影。

陈建安日日蹲守在孟佳娜居住的小区楼下，他笔挺的西装上沾满了不安与焦躁，上面已经打满褶皱，就像他此时面临的处境。在求婚成功后，他听了孟佳娜的建议，投资了她在S市的项目，那几乎是他全部的身家。

现在，我们是一家人了，我们之间没有秘密，孟佳娜说。

生活中的褶皱需要用钱去抚平，项目能带来钱。然而那个给陈建安带来项目的女人，却失踪了。

陈建安没有等来孟佳娜，却等到了几个孟佳娜的"未婚夫"，他们与陈建安在孟佳娜的房门前碰到了。他们什么都没说，但是什么都知道了。相同的遭遇让他们同仇敌忾。

孟佳娜知道，她回不去了。不知怎地，这几个男人竟然知道了她在S市居住的地方。孟佳娜落荒而逃。王国军是她下一个投奔处。

2

现在，让我们回来，回到这座房间里来。没有人知道房间内正在上演着什么，曾经对莫小北敞开的卧室，忽然被另一个陌生女人侵占，并且那扇门此刻正对她紧闭。曾经对着她海誓山盟的王国军，在她面前极尽温柔的王国军，此刻正跟一个不知道被他从哪里领回来的陌生女人独处一室。莫小北刚从学校出来，用王国军的话说，丫头片子根本不是他的对手！她只是一时被王国军的甜言蜜语蒙蔽了心。

莫小北坐不住了，在她这个"爱情大于天""有情饮水饱"的年纪，她的天塌了，水被外来入侵的女人搅浑了。她弓着背，蹑手蹑脚地走到门前，她的脚步声比猫还要轻，弓起的背就像受到威胁的母猫，猫毛针一样一根根地倒竖着。但是莫小北不会发出猫一样凄厉的叫声。她的手指握住门把手，门把手上留下了许许多多看不见的痕迹。曾经她以为那上面只有她与王国军的痕迹。现在她有点儿不确定了，也许那上面还留了不少，她没有见过面的陌生女人的痕迹。痕迹留在生活中最隐秘的地方，只要隐藏得足够好，生活就会以体面的方式继续进行。王国军显然低估了莫小北，一个刚出社会的丫头片子，哪有风情少妇与中年男人的算计。他有自己的算盘，他以为自己可以在女人之间游刃有余。前妻还不是被他很好地周旋过去了，没有他王国军解决不了的女人。

莫小北像一只壁虎一样吸附在门上，周围的一切喧嚣都离她远去了。她的耳朵变成了过滤器，在数以万计的声音中寻找王国军与白衣女人的声音。但是房间内始终静悄悄的，好像她面对的只是一个空房子。莫小北回到自己的房间，她掏出手机，想提醒一下王国军，他这样与一个刚见面的陌生女人独处一室是极其不绅士的表现，每个人都会为自己出格的行为付出代价。这是一间很小的房间，小到放了一张床就没有多余的空间，就是在这张床上，王国军像斜风压柳一样把她压在了下面。一开始莫小北是不同意的，半推半就的。毕竟王国军离过婚，还有一个女儿。王国军说他见到她的第一眼就被深深地吸引了，王国军说我第一次见你就有一种似曾相识的感觉，冥冥中我们认识了很久一样。莫小北是在招聘网上看到王国军的招聘信息的。刚刚大学毕业的她只是想找一份工作。她没有想到自己会被老板招聘到床上去了。这个狗头公司，除了王国军这个老板，她是唯一的员工。到底年轻了些，莫小北并没有选择离开，而且她哪里扛得住中年男人的猛烈进攻。王国军身上有一种极其不好闻的中年男人的味道，烟和酒混合的气味从他嘴巴里喷出来，一起喷出来的还有他含糊不清的情话。现在回想起来，那些情话十分不靠谱，就像喝醉了的醉汉打的一个嗝，出口就成了一阵风，裹挟着一股食物腐蚀后的酸味，当时却让莫小北有些上头，到达了云端。

莫小北放下手机，那扇原本就应该对她敞开的门，她有权利去打开它，现在她却在纠结该不该打电话提醒那个失态的男人。莫小北再一次站在卧室门前，她将耳朵贴了上去，积蓄在她心中的怒气全都堆积到了耳朵上，她的听力比夜晚的猫头鹰还要灵敏。她不知道那样一种声音是否真实存在，还是她的幻听。房间内的男女变成了两条缠绕在一起的蛇，在床上厮缠，发出"嘶嘶"的阴冷声。莫小北深吸了一口气，握住了门把手，她甚至能感到自己的手在不停地抖动，心跳骤然地加快，突突地几乎就要蹦出胸腔。这是一个不再纯洁的门把手，沾染了另一个女人的痕迹，一种背叛的、不忠贞的痕迹。

门就是在此刻突然被打开的，王国军喜笑颜开地出现在门口，他像一个巨大的阴影，令莫小北感觉到了压迫感。他的笑显得有些不合时宜，令莫小北非常不适。王国军说，小娜的腰有些不适，刚才他只是在帮她按摩腰部。他神秘兮兮地凑到莫小北耳旁说，他们正在研究一项新项目，这是一条全新的、能带动他发家致富的道路。并且，这跟孟佳娜有着极其密切的关系。以后他们还会继续一起研究这个新项目。王国军已经很明确地表明立场了，他还会跟孟佳娜一起在卧室切磋，那里将是他新的起点。至于为什么一定是卧室，王国军说孟佳娜的腰不好，不适宜久坐，他们只能待在卧室。必要的时候王国军还能替她按摩一下腰部。

此时的孟佳娜正斜靠在床头，她就这样明目张胆地侵占了莫小北跟王国军的床。她像一条水蛇般盘踞在床头，柔弱无力地对莫小北挤出了一个笑容，仿佛刚经历过暴风雨摧残的风中百合，楚楚动人。她的解释是王国军刚刚在跟她探讨新项目，顺带替她揉了一下腰，要替王国军圆场似的。没办法，少妇的腰金贵得很。孟佳娜的笑包含了很多东西，那是久经沙场练就的一身本领，是莫小北这样的年龄到达不了的境界，只有中年男女才能旗鼓相当。莫小北在瞬间就调整了情绪，她的目光里看不出哀怨，也看不出喜怒，当门被打开的时候，她忽然平静了。她的目光扫过孟佳娜，停留在床褥上。床铺总是会出现褶皱，就像生活总会出现褶皱一样。那些细小的皱纹，总也熨不平，生活就在褶皱中无声进行着。现在困扰莫小北的是，床上的这些皱褶是她与王国军造成的，还是王国军与孟佳娜造成的。孟佳娜到底是少妇，她顺着莫小北的目光摸到了她的心思，她说，我刚刚在床上躺了一会儿。

王国军还沉浸在兴奋里，他对莫小北说，我现在的公司就交给你管理了，以后我还要跟小娜研究另一个项目，小娜接下来可能会一直住在这里，你就安心在这里上班。

怀疑从来不是空穴来风，莫小北不可思议地看着王国军，所以，我要回到我的小房间，把这个房间给你们腾出来，你不觉得荒谬？

男人怜香惜玉的本能在某一些场景里显得特别喜感，王国军说，那怎么办，小娜已经没有住的地方了，离开这里她会无家可归。

莫小北饶有兴致地看着房间里的一对男女，呵，总有一些男女，变脸堪比六月天！此时已经是下午四点，她看着那个红色行李箱张着血盆大口，无声又坚定地站在卧室的一角。王国军的誓言在孟佳娜出现后被全盘推翻。谎言不断地被现实推翻，旧的谎言被新的谎言覆盖。现在，他想通过偷天换日的方式，悄无声息地向莫小北灌输一种思想，让她觉得自己只是他王国军的员工。莫小北与王国军只是员工与老板的关系。王国军语重心长地对莫小北说，小北啊，我看好你，不要让我失望。

晚饭吃得很潦草。吃好晚饭后，王国军继续跟孟佳娜待在卧室探讨他们的新项目。莫小北被孤立了，她望着那扇重新被关上的门，感受到了一种被无视的羞愤。同时她又产生了一种无力感，那张她与王国军躺过的大床，此刻正被另一个女人侵占，她却什么都做不了。

3

夜色中莫小北拨通了李小萌的电话，她不知道该找谁，所有的门都被关上了，她只有李小萌。李小萌住得离莫小北并不远，是莫小北的闺蜜。虽然现在流行塑料姐妹花，但是李小萌是实打实的铁闺蜜。当初她来看莫小北的时候就看出了她与王国军的猫腻。莫小北在王国军的厨房里忙碌，俨然一副女主人的姿态。当一个女人爱上一个男人的时候就会急于奉献自己，然而男人们并不会因此感激，甚至会落荒而逃。他们害怕所有热情的女人。也许一开始他们会热情回应女人，很快他们就会感到厌烦，想要逃离。热情的女人除了一开始带给男人的新鲜感，很快便被他们抛到脑后。李小萌告诫过莫小北，即便她喝了莫小北给她煮的糖水，也不能使她说出糖一样的甜蜜祝福。事态以完全相反的方式进行着。莫小北在电话被接通的一瞬间忽然哽咽了，喉咙肿胀酸痛，她不敢出声，因为只要一张嘴，眼泪就会从她的眼角滚落下来，她就会发出失态的声音。她脑海里全是凌乱的床单，它们以褶皱的形式，将她对生活的渴望堵死。

李小萌在十几分钟后就从黑乎乎的楼道里冲了上来，感应灯亮了又灭，过道里传来嘈杂凌乱的脚步声，应该是有好几个人。为首的是李小萌，后面跟着几个五大三粗的男人，年龄与李小萌相仿。灯光照在他们身上，在房间里落下了巨大的阴影。他们来势汹汹，目的明确，试图在房间内揪出另一个男人。闺蜜就是闺蜜，莫小北只需拨通电话，不用开口，沉默已让李小萌了然一切。当卧室内的男人听到外面喧嚣的声音，当门被打开，他还来不及看清眼前的状况，就吃了一记闷拳，更多的拳头砸在他身上，夹杂着女人的尖叫声。孟佳娜穿着睡衣在卧室门口晃了一下，发出一声凄厉的惨叫，很快又躲了进去，卧室门被关上，她将她的合作伙伴王国军关在了门外。房间内一片混乱，男人们厮打在一起，王国军奋力反抗，一场散发着血腥味的悲剧即将上演。电脑主机被砸破，

068

显示屏倒在办公桌上，屏幕陷入一片迷茫的漆黑之中。莫小北极力挣脱李小萌的拉扯，她在混乱中哭喊道别打了，别打了，她做不到像孟佳娜那样把自己关在门内，做一名冷静的旁观者。她被裹进了几个男人之间，拳头是不长眼睛的，拳头像疯了一样在空气里挥舞，办公桌上的资料散落一地，拉扯中不知道谁的拳头落到了莫小北身上，莫小北顿时感到一阵晕眩，李小萌趁机将她拖了出来。以一敌众，王国军很快便支撑不住了。其中一个男人顺势抢起一把椅子，迎着王国军的脑袋砸了上去。在莫小北凄厉的惨叫声中，一道鲜红的血顺着王国军的脑门流了下来。王国军做梦也没想到自己人到中年，还会为爱挂彩。众人见势不妙，在李小萌的带领下逃之夭夭。要不是莫小北那一声尖叫，也许还会有第二把、第三把椅子砸到王国军的脑袋上。

莫小北固执地不肯离去，她始终认为这场灾难是她带给王国军的。在医院的急诊室，莫小北见到了王国军的哥哥。他一点儿都不为弟弟的伤口感到吃惊，似乎一切都在他的意料之中，这一天早晚会来。他的一双眼睛斜过来，露出了洞悉一切、不屑的眼神，正眼都不愿意瞧一下王国军，他指着王国军脑袋上渗了血的白纱带，像看笑话一样，你早晚会惹大事！临走时，他又看了看莫小北，一脸痛惜的神情。

孟佳娜走了，一起消失的还有她那个红色行李箱，卧室里空荡荡的，床铺被整理得很平坦，上面的褶皱不见了，一夜之间王国军丧失了两个爱人。也许，他从来就不曾有过爱人。他的新项目，也因为孟佳娜的离开而无法得以继续。陪伴王国军的，只有他头上的伤口。尽管莫小北苦苦哀求，王国军还是报了警。在卧室门口，王国军当着民警的面叫嚣着，她李小萌要是不道歉的话他坚决不撤案，他要在她的档案上抹上一笔浓重的黑色。

卧室的门开了，卧室的门又关了。后来莫小北再也没有碰过王国军那张床，虽然孟佳娜走后那扇门重新对她打开，她也曾靠近过那张床，但是她的注意力只被床上的褶皱吸引，她在不停地寻找着新的褶皱。生活的褶皱一旦形成，很难再被抚平。王国军的电脑已经被修理好，此时正对她敞开着，她无意间看到不停闪动的 QQ 头像。女人们天生就有一种好奇心，也正是好奇心将她们的心撕成碎片，将她们打入地狱。莫小北看到王国军对孟佳娜撒娇，我要吃鱼。他一连输入了好几条"我要吃鱼"，以此来加强语气，来证明他的迫切的需求。王国军变成了一只饥饿的猫，哪怕曾因此头破血流。

孟佳娜的回复相当地亲昵，宝贝等着，等我处理完了这边的项目哈！

莫小北不知道后来孟佳娜有没有来看望过王国军，穿着白色连衣裙的孟佳娜，楚楚可怜的孟佳娜，她有没有拎着鱼来找王国军，跟他一起探讨未完成的项目呢？这一切都跟床上的褶皱一样，成了一个谜。

莫小北做了一个梦，整个梦境特别压抑，她在不停地追寻王国军与孟佳娜的影子，她看到他们闪进了卧室，然而当她打开卧室的门，王国军和孟佳娜便瞬间消失了。一只长得很像王国军的猫，对着她露出了一个笑容，说，我要吃鱼。在它的面前，一条红色的鱼，正不停地上下摇动着尾巴，嘴巴一张一合。

莫小北似乎被一股神秘的力量牵引着，她去了菜场，在卖鱼的摊位面前停下。各种各样的鱼在她面前陈列着，长的、短的、黄色的、银白色的……她一时间竟有些难以抉择，她似乎有些明白王国军了，多么艰难的选择。她真想对老板说，给我每一个品种都来一条！然而她不是王国军，她不能，也不会将所有的鱼都带回家。她看着鱼贩将她挑好的鱼开膛破肚，当鱼的肚子被掏空时，它停止了挣扎，它知道自己的命运已然走到尽头。她要拎着鱼去见王国军。切姜片，摘葱白，倒入植物油，当锅里冒出青烟时，她将清洗好的鱼放入锅中。就在这时，已经死去多时的鱼，忽然在锅里动了一下。莫小北看到它的嘴巴张开了又闭上，如此反复，像极了王国军的嘴。她往锅里浇了一点儿水，将锅盖压了上去。

蹚过月亮河的女人

　　当你沉浸到一种梦幻的意境里，当我们的身体飞舞着，越过了现实，现实便会渐渐隐退模糊。新的生活穿越时空，像阳光刺穿云层，新的生活潜伏在暗处，慢慢走到前台，将旧的生活推翻。过往被否定，被埋葬在土壤里。在张小凡给自己设定的新生活里，她是一名未婚女性，她的丈夫、她的孩子，慢慢隐退到模糊的地带。没错，张小凡是单身。直播间里的张小凡，知性大方，温婉可人。在一些人眼里，单身女人就像是一片荒原，没有主人，没有主人意味着谁都可以是她们的主人。距离产生无限的空间，空间令人浮想联翩。没有男人能抵御距离带来的神秘感。当你站在尘世仰望月亮，它就是一首朦胧诗，你的心因此而动。然而当你靠近了月亮，它也不过是个坑坑洼洼的地。每个人的心中都有一块肥沃的土壤，专门用来滋养秘密。人们携带着秘密，戴着彼此需要的面具。当秘密不再是秘密，面具便被撕破。

　　张小凡很懂得如何恰到好处地跟直播间的大哥们相处，她能在夸张三的同时又做到不得罪李四。生活给予了她察言观色的技能。直播间里张小凡八面玲珑、面面俱到，她没有自己的情绪，情绪被藏在皮囊里，藏在对大哥们打赏的渴望里。这样的情绪，比儿时憧憬过年有新衣服穿，有零食吃来得更猛烈。成年人的欲望，已经不是要一件衣服、一颗糖果那样单纯。欲望就像一个黑洞，深不见底。然而还是不停地有人往黑洞里跳，心甘情愿。情绪算什么，张小凡只认大哥。大哥们让她笑她就笑，大哥们让她表演深蹲她就表演深蹲，哪怕 PK 输了，大哥依旧是她心中的大哥。毕竟她是一个有职业操守的主播。

他叫月亮。月亮哥在张小凡的直播间里很活跃。钱是男人的胆，月亮哥凭借足够的钱，穿过直播间，来到了张小凡身边。他的等级说明了一切。只要她开播，他必定准时守护。月亮哥出手阔绰，大方的男人到哪里都是焦点，是太阳，是万众瞩目的中心，哪怕隔着屏幕，也阻挡不了其熠熠生辉。美中不足的是月亮哥离过婚，有一个十岁的女儿。但是张小凡很懂得从另一个角度来分析问题，离过婚的男人多了一份经验，更懂得疼惜女人。婚姻是什么？不过是一张纸，一根绳索，将相看两厌的人强行捆绑而已。

张小凡跟月亮哥说她谈过一段无疾而终的校园恋爱。大多数的校园恋爱，毕业即分手。张小凡也不例外，她是家中长女，父母年事已高，不得已她回到了老家发展。然而老家相对来说比较闭塞，她学的专业很难找到对口工作，在高不成低不就的境遇下，一次偶然的机会，接触到了直播。通过网络平台，她看到了另一个世界，一个现实与虚幻交织的世界。张小凡在已婚与未婚的身份间来回切换。她潜伏在生活的最低处，像一条鱼，涌动的湖水逼迫她不断向前冲，也许会碰到暗礁、风暴，碰到天敌，然而她只能向前。张小凡告诉月亮哥，她是一个不会说话的女孩，两片嘴唇一张开就不受控制、不听使唤了。张小凡在直播间里一次又一次地蜕变。谎言说得多了，就变成了现实。镜头前的张小凡在美颜滤镜下,柳眉凤眼,杏脸桃腮,像是个画中人。尤其她偶尔会露出高耸的事业线,若隐若现,看似有意又似不小心。她好像做了什么,又好像什么都没做,只这样坐在镜头前跟大哥们唠嗑,偶尔不小心滑落一下肩带,弯腰捡一下东西,朱唇轻启抿一口水,就这样笼络住了大哥们的心。

私下,张小凡也跟几个大哥有联络,但跟月亮哥联络得更紧密些,月亮哥在直播间出手阔绰,对张小凡就像对待热恋中的女朋友一样温情又缠绵。月亮哥跟张小凡视频通话,经常聊到手机滚烫也舍不得挂掉。当生活中没有交集的两个人联络得过于密切,就会滋生出各种情绪,关心、惦记、失意、伤神、喜悦、愤怒……生活就是一对男女抑制不住地相互折磨又互生欢喜。月亮哥说生活中的他最主要的事情就是到处走走,收下账,偶尔在珠宝店给女儿或者母亲挑个首饰,或者给她们快递一些当地的特产。年底了,据他说还有几千万的账没有要回来。

头疼啊,月亮哥说,账要不回来,这个年不好过啊,那么多工人等着开工资呢。虽是烦恼的语气,却透露出一股优越感。张小凡扳了几回手指,也不知道上千万是几位数。她数学不好,还不爱动脑筋,一看到阿拉伯数字就头晕。她只知道这个数字很大很大,这是一串有魔力的数字,它将张小凡变成了一名温柔的、善解人意的女人。怪不得有人说如果男人是石头,那女人就是水,石头长什么形状不重要,关键是水足够柔软,能够穿透到石头的每一个缝隙。月亮哥长期在外,这钱就像滚雪球一样被他从四面八方滚过来,越滚越大。没能耐的男人只会蹲在家里发脾气。

上帝是公平的,富人跟穷人的头上都只有一个太阳。哦,也许还有一片青青的草地。说到为什么会离婚,月亮哥说是因为他长期在外奔波,他老婆竟然耐不住寂寞,给他头上种了一片草原。说到这里,月亮哥的声音忽然低沉下来，张小凡能感受到他内心极其痛苦。月亮哥极其宠爱他的女儿，女儿已经失去妈妈的爱，他只能在物质上多补偿她。他给张小凡发一张又一张截图，都是他给女儿买零食、玩具的订单截图。月亮哥从不为钱发愁，好像有花不完的钱，最近，他又迷上了玉石：无事牌、貔貅等。月亮哥有意无意地在张小凡面前提及这些。这些可爱的石头仿佛给月亮哥镀了一层金，让他闪闪发光，说完他又话锋一转，问张小凡愿不愿意嫁给他，他喜欢张小凡，同时也想补给女儿一份缺失的母爱。

我是认真的，月亮哥严肃的声音就像庭审现场法官的最后一锤，只有这样，才能让虚无的生活落到实处，具有真实性。

你愿意吗？月亮哥又给张小凡发钻戒的图片问她好看不，喜欢哪一款？

张小凡差点儿被钻石的切割面闪瞎眼睛。那闪着奇异光彩的切割面，像一个童话般五彩斑斓的梦。女人们都爱做梦，并且做的梦都极其相似。月亮哥给张小凡看过无数购物的截图，但除了在直播间里打赏，现实中并没有给张小凡买过任何东西。这让张小凡心里多少有点儿不舒服。张小凡却不露声色。在直播间里混了一段时间，她多少变得有点儿谨慎，万一月亮哥只是试探她呢，她张小凡可不是一个物质的女人，她得沉得住气。

有一回月亮哥路过张小凡居住的城市，他特意又多开了三小时左右的车，到了张小凡居住的地方，在某家咖啡店，月亮哥见到了张小凡。虽然没有直播间里漂亮，但是胜在年轻，而且胸是胸，屁股是屁股的，月亮哥相当满意。眼瞅着，快过年了，还有好几百万的账没收回来。月亮哥说，宝贝，你等我忙完这段时间就安排我们的事。到底是做大事的，思维跟普通人不是一个层次的，月亮哥虽然忙着收账，但他早已将他与张小凡的事提上了日程。月亮哥说我从来不看直播，你是例外。哥看的不是直播本身，而是看你张小凡，哪怕少看一眼，思念就会在无数个不为人知的夜里疯长。

张小凡每天都穿得很漂亮，她的衣柜里挂满了五颜六色、五花八门的衣服，这些衣服都有一个特点，廉价且夸张，但是胜在上镜好看。穿上这些五彩斑斓衣服的张小凡，在镜头前就像一条玻璃拉拉鱼，抑或是一条桃花鱼，在镜头前如鱼得水，这是她作为主播必备的素养。她怎么能穿得潦草，随意地出现在镜头前呢，且不说有损自己的形象，到底对不起大哥们送的礼物。大哥们日理万机，还不忘来直播间捧场，可不是来看张小凡邋里邋遢的模样的。今天她又穿上了一件白色紧身T恤。不知道是衣服衬托了人，还是人展示了衣服。张小凡今天显得有点儿不一样。镜头前的她，胸前两颗浑圆几乎要弹出屏幕，跳到大哥们面前了。张小凡的身上有一种迷惘的气质，在她不说话的时候尤为勾魂摄魄。

月亮哥晚上喝了一点儿酒，不多，今天是他父亲去世三周年的忌日。酒就不再是单纯的酒那么简单。酒成了一种载体、寄托，将他的思念，内心的忧思都传递到了某个空间。很多我们理智的时候不敢说的话，必须得借助酒的力量才能说出来。酒是一个人的胆魄，亦是一种情怀。酒令人疯狂并且心碎。月亮哥说我想你了，想听听你的声音。月亮哥又说我想我父亲了。月亮哥说你今天这身衣服不好看，赶紧去换掉。月亮哥不再满足在屏幕下方诉说了。他直接给张小凡打了电话，只有在电话里，张小凡的声音才只属于他一个人。你愿意做我婆娘吗？月亮哥自己都被自己的真诚感动了。

张小凡在直播间里言笑晏晏，不动声色。也有其他大哥拿她衣服说笑的，都被她一一巧妙地周旋过去。今晚的愿望清单很快实现。张小凡的目的达到了。张小凡说我先去换一下衣服，当目的达到，作为诱饵的衣服，被抛向生活的隐秘处，诱饵只在合适的时候出现。她并没有将直播关掉。意外就是在这个时候出现的。意外无处不在，时刻给我们制造惊喜与惊吓。意外更像盲盒，你永远不知道打开后等待你的是什么。一个小小的人儿忽然爬到了镜头前。紧接着是一个男人的身体，由于离镜头比较近，直播间的大哥们看不到男人的脸，只能通过衣着猜测这是一名男士。就在大哥们好奇地猜测忽然出现的男人与孩子是谁时，孩子哇地哭了，隐约听到他喊了一声"妈妈"。大哥们震惊了，愤怒的同时竟然掺杂了兴奋的情绪，纷纷在屏幕下方留言这个孩子是谁，他口中的妈妈是谁，这个顶着大肚腩的男人又是谁。猜测就像万花筒，在不同的视觉下不停地变幻着，营造着迷幻的景象。这景象，就像张小凡是他们的情人，他们虔诚地为她守着忠贞，不惜冷落家里的妻子，却毫不留情地被她践踏。大哥们来不及痛心疾首，来不及等到说法，直播突然关闭了。月亮哥酒醒了一半，他父亲暂时从脑海里隐退，刚刚他还满怀深情地向张小凡诉说着他对父亲的思念。张小凡却毫无预兆地消失了。他再也拨不通她的电话，他对亲人的思念，他的深情一时无处安放。

电话是第二天下午打通的，张小凡含糊其词地说昨晚的孩子是她妹妹的孩子，那个男人是她妹夫。在这一天里，月亮哥无数次地拨打张小凡的号码。他不再忙着收账，账就摆在那里，早一天晚一天也不会跑掉，但是他预感自己与张小凡的事情没那么简单，不是绿了就是要黄了。他月亮哥是什么人，明面上不动声色，继续对张小凡嘘寒问暖，再一次诚恳地请求张小凡给他一个机会，让他守护她一辈子。

月亮哥在直播间里消失了一段时间。张小凡依旧每晚在直播间里跟大哥们互动，她跟他们解释那晚出现在直播间里的是她妹妹的孩子跟妹夫。大哥们自然不好再怀疑什么，再说，他们能以什么身份去质疑呢。想清楚了这个问题大哥们就释然了。毕竟白天的工作已经够辛苦了。他们晚上来直播间只是为了放松，体验当大哥被女人崇拜的感觉。计较太多就会失去快乐，就像争论海水究竟是咸的还是苦的一样毫无意义，他们来直播间只是为了花钱找快乐，并不是为了把自己训练成福尔摩斯。用钱能解决的问题从来都不是问题，包括买到快乐的感觉并且沉浸其中。然而月亮哥是一个念旧，并且固执的人。他有着超凡的忍耐力与洞察力。尽管只跟张小凡见过一次，他大概知道了她居住的地方。当你对一件事情倾尽注意力时，就会显露出超强的记忆力。月亮哥连续蹲守了几天，果然，他看到了张小凡跟那天在直播间里出现的男人和孩子一起，俨然一家人的模样，其乐融融。月亮哥毕竟是有修养的、见过世面的体面人，尽管他心里有很多的疑惑，却并没有冲出去质问，而是不动声色地拍下了照片，他在等待时机，月亮哥就像隐藏在暗处的狩猎者，一名优秀的狩猎者首先具备敏锐的嗅觉，并且能沉住气。

月亮哥终于等到了机会。连日来，他一直隐匿在暗处，像一只猫一样，掺杂着忧伤、迷惘和愤怒的情绪，但是他又必须得清醒地面对张小凡，面对这个光怪陆离的世界。月亮哥拨通了张小凡的电话，他告诉张小凡要给她变一个魔术，只需一分钟不到，他就会出现在张小凡面前。多金慷慨的月亮哥，在消失了一段时间后，将自己变成了一份神秘的礼物，捧到了张小凡面前。生活的精髓在于表演，我们每一天都在表演，演技好的能抑制自己体内的原始欲望，将它转化成对方希望看到的样子。张小凡是天生的表演家。她看到月亮哥的一瞬间迅速掩饰着内心的不安，以一副夸张且喜极而泣的表情迎接了月亮哥的到来。他们去了咖啡厅。之所以选择咖啡厅，是因为这是他们第一次见面的地方。他们念旧，同时又期盼未来。也许是咖啡因的缘故，身体里的情愫被唤醒，月亮哥深情款款地掏出一枚钻戒。张小凡意识到她的新生活就要开始了。也许是因为太过激动，月亮哥在给张小凡戴戒指的时候不小心碰到了咖啡，褐色的液体溅到了张小凡精致的衣服上。月亮哥急忙道歉，关切地问着没事吧，同时早已经将餐纸递了过去。张小凡赶忙说没事，起身去了洗手间。在绅士面前，张小凡也变得淑女起来。

天总是黑得猝不及防，仿佛每一个暗夜都带着预谋而来的。张小凡没想到自己居然会睡得这么沉，然而让她惊悚的是，她现在睡在一张陌生的床上，房间里的摆设都是她未曾见过的。陌生的房间代表危险的气息，空气里弥漫着令人警惕的味道。庆幸的是张小凡看到了月亮哥。月亮哥注意到女人醒过来了。他的脸上露出神秘的微笑，张小凡觉得熟悉，但是又说不出来哪里不对劲。月亮哥的笑容里藏着太多的东西，张小凡在熟悉的同时，更多的是感到陌生与不安。这不是她熟悉的月亮哥。月亮哥凑到张小凡面前，他的瞳孔散发出只有猫才有的神秘的、诡异的光。

咖啡的味道怎么样，睡得还香甜吧，毕竟长期做主播熬夜很伤身体的。

张小凡一下子就明白过来了，月亮哥此次来者不善。然而张小凡还想装傻，当秘密没有被戳穿前，秘密还是秘密。月亮哥拿出手机，他等这一天等得太久了，他要面前这个女人亲口将谎言推翻，把秘密搬到桌面上。张小凡裸露的腿在空气里透着丝丝凉气，每一个毛孔都被打开。她已经习惯了自己是未婚主播的身份，一时间她也有些恍惚。月亮哥说我要你亲口说出来。张小凡一个激灵，飘忽的灵魂又聚拢回来，这是我妹妹的孩子。就算月亮哥问一百遍一千遍，这也是她妹妹的孩子。这是她最后的职业操守。

电话在此刻响起来了，张小凡看了一眼，她离开家的时间有点儿久了。月亮哥说，接！张小凡僵在那里。电话铃声没有停歇的意思，固执地响着，它不给张小凡喘气的机会。月亮哥简单粗暴地摁下了接听键，顺带打开了免提。是那个熟悉的孩子的声音，有点儿嘈杂，哭着喊妈妈的声音，紧接着是男人的声音，一名焦急寻找失踪妻子的男人的声音。月亮哥用刀抵住张小凡的脖子，示意她说话。张小凡浑身冰冷，她没想到自己会得罪一位曾跟自己互动密切，并且准备跟她共度后半生的大哥。她之所以隐瞒婚史，无非是想得到大哥们的追捧与礼物。

张小凡尽量稳住情绪，她以宠溺的语气安抚着电话另一头的孩子，又用冷静的语调让男人先带孩子回去，她下午忽然遇到一位久未谋面的老友，一时激动，忘了告诉他们。一个已婚女人的背后隐藏着一个男人，然而大哥们只喜欢给单身女人打赏送礼。张小凡如此明目张胆地欺骗大哥们，是对大哥们情商与智商的挑战和侮辱。大哥们也是有底线的。月亮哥说，我在外面收账全靠这张嘴啊。要么你还钱，要么……月亮哥整个人忽然压到张小凡身上，张小凡感到脖子上的刀尖压得更紧了，同时下体一阵冰凉。月亮哥说，你又不是大姑娘了，我给你打赏了这么多礼物，你也不吃亏。

电话又响了起来，这一次是月亮哥的。月亮哥犹豫了一下，挂掉，但是对方并没有放弃的意思，铃声再次响起。月亮哥露出不耐的表情，然而言语却是恭恭敬敬的。一个女人的声音传过来，你这个月怎么又违章了，在新溪路与月河路交叉的地方……月亮哥一边跟女人说话一边动着身体。张小凡虽然听不懂方言，但还是听到了"晓得了，老婆"。

张小凡的表情从最初的羞耻渐渐变成了惊讶与愤怒。曾经口口声声说离异的多金男，曾不止一次跟她求婚的男人，也并没有离婚。张小凡有些凌乱。月亮哥挂了电话，点了一支烟，烟雾中的他一反刚才唯唯诺诺的语气，俨然一副大哥的姿态。月亮哥说，我也是男人，我是一个男人！然而我只能在婚外才能感受到自己作为一名男人、雄性的威风。那床头的结婚照，日日夜夜压迫着他，他在他老婆面前不行，他的婚姻就像抽屉里从来见不到光的结婚证，在角落里蒙灰，失去该有的本真。生活的本质是什么？是虚幻的、无法触摸的泡沫，是水中的影子，一触碰，瞬间幻灭。只有冰冷的背影，日复一日地指责。月亮哥说，我只是想找回一下曾经的感觉，那令人心动、紧张的感觉。月亮哥又抱着头说，对不起……谢谢你……月亮哥有些语无伦次，他说这些话的时候，窗外的路灯将树影投射到窗帘上，真实而又不可触摸。

月亮哥从张小凡的生活中消失了。张小凡依旧坐在直播间里，穿着那些花里胡哨的衣服，她需要打赏，需要那些礼物，网络很虚幻，却能带来实实在在的钱。当其中一个大哥疯狂地为她刷礼物，频频与她私聊时，她知道，下一个月亮哥又出现了。

飞机上空的黑蝴蝶

一只黑色的蝴蝶飘落在焦黄色的土壤上，它挥动着黑色的翅膀，那如网的黑色脉络熠熠闪光，向世人展示着命运中那些不可预知的创伤，它说不清自己来时的路，更道不出此番去向。蝴蝶安静而又固执地徘徊在这一片浴火重生的土壤上，尔后翅膀一振，便是永诀。

雨滴落在筱蝶的头发上，睫毛上，形成了一颗颗带着雾气的水珠，她的头发湿漉漉地披在肩上，别致的黑色蝴蝶结发夹在夜色中似一只随时轻盈飞走的蝴蝶。细雨迷蒙，氤氲缱绻。筱蝶已经记不清这是她第几次站在医院外面的马路上，梧桐树叶经过雨水的浸泡，在橘黄的灯光下闪着绿宝石般的光芒，如恋人们的心，饱满而又璀璨。雨点落在窗玻璃上，滴滴答答像一条条破碎的珍珠项链。筱蝶没有打伞，她在细雨中感受着空气中潮湿的气息，呼吸着陈情呼吸过的空气。这里的一草一木都散发着陈情的气息。微风伴着细雨，就像她伴着心爱的恋人，不忍离去。S市三甲医院，是她未婚夫陈情上班的地方。在细雨中，她闭上眼睛，让思绪随着雨水肆意放飞，与陈情相拥。此时的陈情，正在紧张地加班中，他并不知道医院外面那双炽热地注视着自己的眼睛。每次筱蝶离开 S 市前，都会来医院，静静地在医院门口的马路旁伫立许久才会离去。这是她多年不变的习惯，这个习惯已经嵌入骨髓，就像她习惯在失眠的夜里伫立在窗前抽烟一样，猩红的烟头是她不灭的希望。这是她一人固守的秘密，是她精神的道场。

筱蝶是 S 市人，在 M 市的一所大学学习美术专业，毕业后她选择了留校任教。教案、论文充斥着她的日常生活。筱蝶是一个非常有魅力的女人，长期艺术气息的熏染使她显得与众不同。漂亮女人自带气场，走到哪里都有目光追随。尤其是她那一头轻盈飘逸的长发，柔软而蓬松，仿佛被晨露沐浴过，有着这样一头长发的女人，很容易被各种头饰吸引。她的首饰盒里有颜色、材质、款式各异的头饰。珍珠、水晶、薄纱、金属……不同的头饰造就了多变的筱蝶。

一架银白色的飞机闪着巨大的翅膀，从跑道上缓缓升起，如一只巨型蝴蝶。乘客们都已入座，机舱内一片宁静，从广播里传来此次航班的目的地 S 市，S 市当天的气温，以及对 S 市的简短的介绍。S 市名胜古迹众多，气候四季如春，鲜花常开不谢，素有"春城"和"花都"的美誉。空气里隐隐传来独特的柠檬草气息。筱蝶被这样的气息包围着，沉浸在教案中，一道黑色的影子忽然闪过来，接着便是不明液体洒落到了她的裙子上，咖啡的味道飘散开来。筱蝶忍不住一声低呼，身体本能地往后一缩。身旁的男子及时递上了纸巾，以及恰到好处地道歉。筱蝶这才看清对方的长相，这是一位与她年龄相仿的男子，蓄着一头干练的短发，白衬衫的领口微微敞开，露出小麦色的皮肤，此时他正低着头，一起帮筱蝶擦拭裙子上的咖啡印渍。他的鼻梁挺直，鼻翼尖尖的，筱蝶脑海里闪过莱奥卡列斯的雕塑作品——阿波罗。男子抬起双眸，朝着筱蝶露出充满歉意的笑容，他的眼神就像一面湖水，荡漾着潮湿的雾气。尽管筱蝶一再表示没有关系，男人还是坚持留下了自己的号码，并且留存了筱蝶的号码。

故事的开始也许是一张机票，一杯咖啡，一个充满雾气的眼神。漂亮的女人走到哪里都会有人制造交往的机会。在这样一座美丽的城市，每年都有人奔赴而来，寻找浪漫，寻找诗意，寻找邂逅。这座城市并不缺少爱情故事。

几天后，筱蝶接到了一个陌生来电，她已经忘了飞机上的小插曲。男人说，我叫陈情，飞机上的那个。还没等男人自我介绍完毕，筱蝶就从一头雾水中回过神来，脑海里浮现出陈情那小麦色的皮肤、说话时滚动的喉结、望向她时深邃的眼神，她仿佛又坠入了那天那面充满雾气的湖水中。那个英俊的男人，他薄薄的嘴唇、修长的手指，仿佛都带着魔幻的色彩，若隐若现的柠檬草气息在房间里弥漫开来。漂亮女人也有烦恼，爱情是人世间一道迈不过去的坎。筱蝶一回来就被她母亲连环逼问有没有交往的男朋友。母亲已经老了，她不止一次在电话里表示自己的身体正出现某种症状，不能看到自己的子女有归宿，会是一件憾事。作为子女，让自己双亲抱憾离世，实属大不孝……母亲每每含蓄地催婚，总是一副气若游丝的语气，仿佛自己将命不久矣，以此来增加筱蝶的压力。每次接到母亲的电话，筱蝶就知道她老人家准是又"病重"了。然而生活不是艺术，不是墙上挂着的一幅油画，阿波罗也不可能从雕像里走出来。筱蝶可以对着学生侃侃而谈，在她的专业领域里游刃有余，唯独对她的母亲保持缄默。筱蝶答应了陈情的邀请，湖水弥漫着湿漉漉的雾气，召唤着她。

在 S 市的商场入口，一名女子向陈情款款走来，她穿着一条休闲阔腿牛仔裤，米色的衣服袖子上点缀着一排流苏，当她的手不经意地拨弄着一头飘逸的黑发时，流苏在空气中灵动起来，宛如一只只轻盈的蝴蝶。陈情听到了细长的高跟鞋跟踩踏地面的声音，他看到一名漂亮的女子朝他走来，此时他们并不知道，他们已经走进了彼此的生活。商场中的人并不多，他们走进了一家咖啡馆，找了个靠窗的位置坐下，一枚青绿色的蝴蝶发夹别在筱蝶的耳畔，她低头看菜单的时候，另一侧的头发不经意间垂落。陈情看着玻璃窗外的风景，玻璃上年轻女子的倒影吸引着他的目光。原来这个世界上真有一见钟情的存在，男人就在这一刻做出了决定，他要追求筱蝶，追求眼前这个宛若蝴蝶精灵般的女子。

筱蝶放下菜单，盯着对面的男子，忽然问了一句，窗外的风景好看吗？

彼此心领神会，一个眼神，尘埃即落。

咖啡很快就上来了，筱蝶搅动着勺子，在飞机上咖啡洒落时的味道，以及空气中掺杂的柠檬草气息隐隐传来，她深深嗅了一下，咖啡味道不错。陈情笑着说，你不会以为那天我是故意将咖啡洒你身上的吧？筱蝶说，谁知道呢？两个人相视一笑。对面的男人变成了深不可测的湖水，有着致命吸引力。筱蝶看到一个女人纵身跃进湖里，水珠在她身上熠熠闪光。女人一转身，筱蝶看到了自己的脸。

路过一家饰品店时，筱蝶放慢了脚步，女人天生对饰品有一种敏感，像画家对线条灵敏的捕捉能力，像钢琴家在黑白琴键上灵活游走的纤指。一只黑色丝绸材质的蝴蝶发夹引起了筱蝶的注意，发夹大约有手掌那么大，通身的黑色，周边镶了一圈银色的亮片，古朴中带着时尚的元素。筱蝶仿佛看到了一只蝴蝶在缤纷的花丛中飞舞旋转……这是一只有灵气的蝴蝶，慢慢地，蝴蝶变成了她的模样。她有些痴，久久伫立在蝴蝶发夹面前。一旁的导购小姐见状，趁机说，先生，这枚蝴蝶造型发夹很适合您的女朋友，您女朋友的眼光真好。

男人与女人心照不宣地没有解释。

筱蝶坚持自己买单。

陈情也有坚持的理由，陪一位漂亮的女士逛街，让她买单是极其不绅士的表现。

筱蝶不再坚持，眼前的蝴蝶渐渐变成了陈情的模样。她的脑海里忽然浮现出梁祝里祝英台哭坟的场景，一身红嫁衣的祝英台，在经过梁山伯的坟前时，忽然从花轿里飞奔而出，褪去一袭红衣，露出了一身素衣。霎时天地大变，狂风席卷，乌云蔽日，梁山伯与祝英台幻化成两只蝴蝶，相互缠绕着越飞越远，终于没人能再拆散他们。蝴蝶是爱的象征，是坚贞，是永生。一时间，筱蝶感到有些凄凉。

筱蝶从饰品店里出来，她有着一头乌黑浓密的头发，蓬松如云，又如黑色的瀑布悬于半空，她背对身后的男子，手向上靠近别在头上的蝴蝶发夹，做了个胜利的姿势，宛若一只蝴蝶腾空而出。这一幕，被走在她身后的男子用手机拍了下来。

作为 S 市三甲医院的主任医师，陈情休息的时间并不多，然而他还是竭尽所能地挤出时间来陪筱蝶。时间片段就像一块块神奇的魔方，拼出了男女之间朦胧又美好的情愫。在一个细雨迷蒙的午后，陈情与筱蝶驱车前往一处山区，那里有清新的空气、茂密的丛林，有着都市不曾拥有的独特风景。车子沿着山脚下的公路一路向前，空气里充斥着香甜的芬芳。远处的山上有一块造型奇特的岩石，像极了一个女人眺望远方的样子。这是当地有名的风景——望夫石。女人久等男人不归，竟幻化成石头，生生世世守望。筱蝶与陈情不约而同地望向了那块石头。那块女人形状的石头，正坚定稳妥地伫立于悬崖，"望夫石"的故事，在现代应该不会再发生吧？空气里一时沉寂。他们从山区一直开向海边，一个个巨大的风车矗立在海边，在海蓝色的天空的映衬下，洁白又纯粹。眼前的景色让他们暂时忘记了"望夫石"。陈情将车停靠在海边的停车场，从堤坝一侧的石阶下去，就是一片沙滩。现在正是退潮的时候，筱蝶脱下鞋子，双脚踩在细软潮湿的沙滩上，仿佛踩进了陈情这面湖水里。海风带着咸湿的气息，将筱蝶包围，她仿佛回到了母亲的子宫，回到了作为一个女孩的原始状态。总有一个男人，让女人在他面前毫不设防地打开自己，如一朵含苞的花开到荼蘼。

回去的路上，筱蝶接到母亲的电话。母亲虚弱的声音再次响起。上了年龄的女人总是容易健忘，也许有一天她们会忘记自己的身份，忘记周围与自己有着千丝万缕关系的人们。她焦虑地跟筱蝶说着自己是如何被关在门外的，也许是恼人的春风，也许是细丝般的春雨勾起了她的情绪，总之那串该死的钥匙被她遗忘在了房间内。当一个人被关在门外时，当一堵坚硬的墙挡在自己面前，并不是所有人都能心平气和地面对。筱蝶安抚着情绪失控的母亲，安慰她不要自责，他们很快就会赶到。陈情的出现缓解了母亲的焦虑，她甚至有些欣喜，一扫倦态。这一切都是天意，如果不是她被关在门外，如果此时筱蝶还在 M 市，那她就不可能见到陈情。雨水带着湿漉漉的喜气，在空气中飞舞。当陈情自我介绍是筱蝶的男朋友时，咔嚓一声，随着锁芯的转动，房门被打开。

假期很快结束，筱蝶又飞回了 M 市，然而她的心留在了 S 市。倘若每个人的身和心都能在一处，这世间便会少了许多痴男怨女吧。然而佳偶怨侣从古至今不断。除了上课、备讲义，筱蝶的大部分时间都在回忆。每个人都有回忆，回忆有甜蜜有苦涩，有人活在回忆里，有人在回忆里重生。作为一名医生，陈情的职业决定了他并不能及时回复筱蝶的消息。大部分的时间里，他都在陪伴病人，医治他们身心上的病痛。

筱蝶开始频繁往返于 M 市与 S 市之间，飞机票攒了厚厚的一叠。有人爱好集邮，有人爱好收集纪念币。筱蝶集下的，是一沓厚厚的机票。然而她从来不觉得累，相反，这是一次次甜蜜的奔赴，在她与陈情的蓝图里。

筱蝶经常一连几天都没有陈情的消息。

整个世界忽然被阻隔成了一个个小方块，一排排隔离带突兀地、触目惊心地横亘在人与人之间。筱蝶忽然有了大把的时间使自己陷入回忆里。回忆使她亢奋，睡不着，同时又充满了对未知的恐惧与担忧。在有限的视频聊天里，筱蝶看着陈情被口罩勒出一条条红杠子的脸，叹息生命如此脆弱。她多么想此刻就在陈情身边，用手抚平他脸上的印痕，她多么想抱一抱他。然而她的机票厚度停在了疫情暴发的那一刻。一切戛然而止，只有她的热情依旧如火般灼热。

筱蝶没有告诉陈情，她申请加入了志愿服务队。每次看到穿防护服酷似陈情的医生，她都忍不住饱含深情地凝视，久久不能平静。恍惚间，陈情一直在她身边。

等疫情结束，我们结婚吧！

筱蝶从来没有那样迫切地希望跟陈情拥有一个自己的家。家是责任，是约束，是新旅程的开始。她幻想自己穿上洁白的婚纱，湖水平静，她与恋人永远地守着那面湖水。

关于婚纱照，关于订婚仪式，以及鸽子蛋的大小，关于一对男女新生活的开始，终于被提上议程。在疫情有所缓和，在隔离带被撤除，在交通恢复正常的情况下，筱蝶像一个冲锋陷阵的战士，第一时间买了去 S

市的机票，飞机将载着她到恋人面前。她怀念柠檬草的味道，怀念咖啡的味道。第一次在飞机上陈情不小心洒在她裙子上的咖啡的味道，在回忆里弥久不散。再浓烈的情话也抵不过"我想你"三个字，你存在于每一个清晨和黄昏。筱蝶每天一睁眼第一个想到的人就是陈情，哪怕在梦里，都是陈情的影子。她做过无数的梦，她只愿沉浸在梦里。

筱蝶的机票订在三月的某一天，那一天正好是陈情上班的时间。陈情询问筱蝶要不要订晚一天的机票，这样他就可以去接机。陈情说，我希望你下飞机第一个看到的人是我。陈情说，媳妇等着我去接你。春天是约会的美妙季节，筱蝶在电话里笑得就像枝头的桃花在春风里嘭嘭嘭地打开。爱让人肤浅，同时又让人沉醉。筱蝶说不，我希望你下班出医院大门第一个看到的人是我，我们再去海边。"望夫石"终会等来她的丈夫……她摆弄着手里的蝴蝶结。那是他们第一次在商场见面陈情送给她的。无数个日夜里，由蝴蝶结做牵引，牵引着她与陈情在梦里相会。筱蝶因此迷上了睡觉。哪怕睡不着，她也会闭上双眼，让幻想将自己淹没。现实生活中不如意的事，梦都能替人们实现。

简单地收拾了行李，筱蝶匆匆奔赴机场，这是一条她闭着眼睛都不会走错的路。登记、安检……终于进入了候机室。不出意外，两个多小时后，筱蝶就会出现在S市。她已经递交了调往S市执教的申请。她终于再度登上前往S市的飞机，像一只轻盈的蝴蝶飞向陈情。回忆再度涌来，筱蝶闭上眼睛，任思绪蔓延。

一阵轻微的颠簸惊醒了筱蝶，嘈杂声从人群中传来。空姐甜美的声音及时抚慰了乘客们的心。他们以过来人的经验告诉乘客这只是气流颠簸。就在乘客们稍微平静的时候，飞机再次剧烈抖动起来。机舱内乱作一团。此时，筱蝶反而平静了，她在心里想着陈情，一股力量喷薄而出，她知道自己这辈子应该是见不到他了，在飞机剧烈的抖动中，筱蝶摘下蝴蝶结，不停地亲吻着，不觉间已泪流满面，这一次奔赴之路已然凶多吉少，在电视中看过的空难事件，没想到被她碰到了。她忍不住大声地喊道，我爱你，陈情，即使死亡也不能使这份爱消亡。巨大的嘈杂声很快将她的声音淹没。人群中有人无措地哭泣，有人绝望地呐喊，有人拿出手机开始编辑遗嘱……

轰隆一声巨响，一股炽热的波浪，伴随着惊天动地的巨响，滚滚浓烟如同铺天盖地的沙尘暴，腾空而起，如一朵猩红妖冶的花朵在山林中绝望地绽放，又如折翼的蝴蝶，在空中摇摇晃晃，以一种绝美的姿态冲向地面。

大雨已经连续下了几日，雨水淅淅沥沥，诉说着飞机坠落前的故事。到处都是残骸、碎屑，人们祈祷着，自发地在现场摆放了无数的鲜花。搜救人员陆陆续续找到更多的遗物，工作证、机票、钱包……一个黑色的蝴蝶结引起了人们的注意，纵使满身泥泞，也掩盖不住它的绝美。它静静地躺在深色的土壤里，向世人展示了一股苍凉的绝望之美，只是它再也等不来她的主人。

蝴蝶结辗转到了陈情手里，他悲痛欲绝，明明说好一起去挑婚纱，拍婚纱照，执子之手，结果等来的却是凋零的蝴蝶。为了早一点儿见到未婚夫，奔赴在路上的女孩永远也没能到达终点……陈情知道自己不能颓废，他不能消极，他是 S 市三甲医院的主任医师，他身后还有无数的病人。

陈情在七天后去了飞机失事的地方，据说人死后，灵魂会在第七天来看望亲人。他握着蝴蝶结，仿佛筱蝶就在眼前，在对着他笑，依旧是那样灵动。她等不及要见他，却再也见不到他。陈情轻轻地将一件洁白的婚纱自车中取出，放在这片黄土地上，黑色蝴蝶结静静地躺在婚纱上。忽然不知从哪里飞来一只黑色的大蝴蝶，舒展着翅膀，久久地徘徊在婚纱旁。陈情不禁失声哽咽，是你吗？筱蝶！然而蝴蝶只悄无声息地旋转了几圈，似有千言万语，最终消失在空中。

海葬

1

一迈进大门，白色的医院便映入眼帘，墙体是白的，导医台工作人员的衣服是白的，那些穿梭在患者中间行色匆忙的医生、护士的衣服是白的。白色使人联想到柔软的棉花和白云，从视觉上慰藉了病人焦虑的心。白色使人镇定，当你凝视病房里的天花板时，渐渐地，你被卷入一片虚无的空茫中，暂时忘却了生理上的疼痛。因此，病号服是白的，被褥是白的，脸盆、毛巾，统统是白色的。

穿过幽暗的走廊，宝珠随母亲等一众人来到了白芹的房间。陈子文正殷勤地给白芹端茶倒水，床头放着一束白玫瑰，白芹半躺着，在玫瑰花的映照下，越发显得一张脸惨白。

白梅率先走进去，她靠着床沿坐下，握住了白芹的手，手指轻轻抚摸着白芹的手背，感觉怎么样了？你只管安心疗养，医生说了，问题不大。

又转头问陈子文，今天可吃了什么？

陈子文忙答，医生交代了，最近几天只能吃流食。

众人免不了轮番上前慰问一番。

宝珠根本不待见陈子文，在病房门被推开的一瞬间，所有人都鱼贯而入，她本能地避开了那张令她心烦意乱的脸。那张消瘦、颧骨突出的脸，透着无尽的虚伪，比《中国奇谭》里的狐狸先生，有过之而无不及。幽暗的房间里美真毫无生气的悬挂着的躯体，深夜里晓艾幽幽的啜泣声，一张张年轻的脸庞，争相涌入宝珠脑海里。宝珠在病床前问候了芹姨，便后退到病房门口，她冷冷地看着这一切。病床上虚弱的女人，是她姨。

半年前，白芹总是无端地感到头痛，随着头痛加剧，她的生活被撕裂成无数碎片。生活中到处都是幻影，她在一种迷离的假象中麻痹自我，抑或逃避。然而宝珠做不到。

2

在这个南方小镇，流行着一种宽沿编织帽，它们让沿海小镇形成了一幅独特的风景。每年夏天来这边看海的人不计其数，他们戴着宽沿的编织帽，出现在小镇的海滩边。男人女人们蜂拥而至，让陈子文看到了商机，他率先开了一家制作帽子原料的加工厂。在这之前他只是一个小木匠。在他还没有娶白芹前，白芹父亲放话出来，只要你肯收白芹的弟弟为徒，教他做木工，我就把女儿嫁给你。做木匠发不了财，但是有了一门手艺，可以维持日常生活。在那个年代，女方陪嫁的衣柜、桌子、凳子，甚至马桶、洗衣桶等，都还是用木头手工打造的，木匠是很体面且受人尊重的。

陈子文的加工厂招了几名女工，二十四小时轮班制。他自己买了一辆二手的货车，负责运送。其中有一个叫晓艾的姑娘，名副其实的川妹子，十七八岁的模样，长着一张圆脸，金鱼一样的双眼皮总是给人浮肿的、没睡醒的感觉，嘴唇厚实，看着就是个憨实的。与晓艾一起轮班的姑娘叫美真，老家在云南。美真的脸尖尖的，鼻子挺而秀气，一双大眼睛长得狐媚，向后吊梢着，天生一副风流模样。宝珠还没有来的时候，晓艾与美真睡一个房间。宝珠初中毕业后无心上学，一时找不到合适的工作，白梅便与白芹商量，将宝珠送去了她的加工厂。陈子文于是将房间做了挡板，晓艾与美真一个房间，宝珠独自一个房间。

宝珠虽然没有谈过男朋友，对男女之间的事有着模糊的概念，到底也是来过例假的姑娘了。有一回她与晓艾搭班，正是凌晨两点的光景，厂房里的白炽灯明晃晃的，将整个加工厂照得雪亮。透过玻璃窗户，宝珠看到外面墨一样的黑，忽然间一只黑色的猫从窗台迅速窜过，在它回头的那一瞬间，宝珠看到它的两只眼睛反射着绿光。夜越黑，猫的眼睛越亮。一个人只有置身于黑暗中才能将身外的事看清。宝珠回房间拿卫生巾，隔壁传来微妙的声音。静谧的夜将细碎的声音无限放大。

谁还会在这冷凄凄的夜里醒着，发出如此暧昧的声音？在这个有伴侣抱紧伴侣，没有伴侣抱紧被子的深冬里，此刻隔壁睡着的是美真。

宝珠将耳朵贴在挡板上，周身的血液瞬间冷冷地凝固起来。

宝珠爱看武侠剧，姨父陈子文有一台笔记本电脑，休息的时候她不去逛街，也不爱蹲门口与邻居闲话长短，她就一个人静静地坐在客厅里，偌大的客厅只有她一个人，她将自己陷进柔软的沙发里，电脑屏幕里播放着神仙侠侣的故事，宝珠被深深地吸引。在她心里，陈子文与白芹就是一对神仙眷侣。然而深夜里经常传来的声音割裂了她的幻想。宝珠越发显得孤僻，她给还在上学的妹妹写很多的信，她隐隐地跟妹妹诉说了自己的哀愁，这个年龄的少女，就跟梅雨季节一样，心里总下着蚕丝一般薄薄的又朦胧的细雨。

武侠剧里疾恶如仇、爱憎分明的女主角令宝珠产生无限的幻想，她这样的年纪，非黑即白，宝珠接受不了灰色地带。

在宝珠十七岁的时候，她撞破了她的姨父，陈子文的秘密。

她跟她妹妹说，你有过秘密吗？

宝珠习惯在午夜两点的时候回房间。当挡板的另一面传来低微又急促的喘息声时，她的脸便如这灰色的房间。宝珠没有开灯，她拧开台灯。透过光柱，她看到无数粉尘颗粒在空气中飘浮。女侠也有解决不了的难题吧？

没过多久，美真怀孕的消息就笼住了这个小家。白芹已经卧床数日，她的头痛在梅雨季节里达到顶峰，似乎有硬物在一下一下敲击她的脑袋。白芹没有回娘家，她无法与父亲交代，结了婚的女人还有家吗？

3

白芹跟着陈子文做编织帽的营生，一开始他们只是做原材料，后面扩展业务，也做帽子成品。陈子文又租了一个厂房，越来越多的员工涌进了陈子文的工厂。那些用玻璃纤维、骆驼绒、织锦缎、蕾丝做的帽子，白芹从未给自己戴过。它们被戴在陈子文聘请来的模特身上，花枝招展。那一日白芹心血来潮，拿来几顶样帽，在镜子前一一试戴。镜子里的女人身形略显臃肿，帽子上夸张的、大朵绚烂的花也掩饰不住她苍白的面容。她靠近了镜子，细细端详着眼角的细纹、日渐松弛的皮肤，两颊的法令纹如两把细长的刀，令她的心阵阵隐痛。到底是岁月不饶人，她又换了一顶帽子，原来装饰品也很势利，当它戴在美人身上，就是锦上添花。白芹沉默着将样品收好。她在脑海里幻想着年轻时的自己戴着帽子的样子，是不是也如这些年轻女孩一般貌美？

深夜里，宝珠很少再听到温软的低语，美真尖细的嗓音在黑暗中如一道闪电，将夜的宁静劈开。她已经急不可耐。不，是她日渐凸起的肚子让她无法再淡定。陈子文只能安慰，花言巧语地拖延着，这样的日子，混一日是一日。美真脱离了他的掌控，滑向轨道之外。

宝珠将耳朵贴在挡板上，她的双眸隐藏在夜色里。

白芹卧病在床，烧饭的阿姨老家有事，食堂忽然冷寂了下来。宝珠主动承担了十几号人的伙食。简陋的食堂有种神奇的力量，宝珠嗅到了空气中油烟的味道，以及残留的饭菜的香味。调味料被一一陈列在灶台一角的置物架上，盐、鸡精、酱油……

宝珠从小就会做饭，还是上小学一年级的时候，她就踮起脚尖学会自己煮面条以及做一些简单的菜肴。慢慢地，母亲又教她如何煎鱼、炖肉。白梅说，一个女孩子，只有做得一手好菜，才能抓住老公的胃。这是母亲的家训。

美真极爱喝宝珠炖的汤，排骨莲藕汤、猪肚莲子汤、鲫鱼豆腐汤，宝珠总是换着花样炖汤。食堂里还氤氲着淡淡的烟雾，排气扇发出嗡嗡的声音，宝珠笑眯眯地看着美真将一碗汤落肚。

美真放下碗筷，舔了一下嘴角，宝珠，将来哪个男人要是娶了你，真是莫大的福气。

肚子仿佛动了一下，美真下意识地摸了摸肚子，她一个异地来的女子，想要在本地扎根，按说也不难，但是想找到像陈子文这样的自己办厂的老板……美真有自知之明。肚子里的砝码正一日日长成，这是扶她坐上正室的筹码。美真怀着老板陈子文的孩子，在这个小小的帽子厂，已是一个不是秘密的秘密。老板不说，老板娘噤声，其余人除了背地里议论，明面上依然是客客气气的。

白芹的头疾愈发加重了，她在床上郁郁寡欢了半月余，忽然有一日起身，唤了宝珠，要她陪着，去家附近的海边散步。白芹穿了一件宝蓝色印花棉麻衫，搭配一条素白的七分裤，她对着镜子盘了一个精致的发髻，从样品间拿了一顶装饰着一朵淡粉牡丹花的帽子。

海风轻拂着蔚蓝的海面，此时是旅游淡季，海边游客稀稀落落。不知不觉，她们走到了海葬码头。海葬船上悬挂着黑色的布帘，此刻正在举办着一场葬礼。司仪神色凝重，宣读着逝者生平事迹，带着家属，将他的一生又重新回忆了一遍，往日恍若重现。低沉的哀乐回荡在海平面，船上传来家属撕心裂肺的哭喊声，白色的可降解骨灰盒被其中一个男人捧着，由一根绳索牵引，慢慢放入海中。骨灰盒里的人不久就会与大海合为一体，海会包容一切。雪白的骨灰盒上插满了鲜花，也许骨灰盒里是这名男子的妻子，一个生前很爱鲜花的女子。有其他家属将手里的鲜花花瓣一朵朵扯下来，随风撒入广袤的海面，花瓣随着海浪在海面漂浮，原来海也是有颜色的。

白芹怔怔地注视着这一切，目睹了一场仪式的结束。她对宝珠说，若将来我不在了，希望也能为我举行一场这样的葬礼。

宝珠望向远处海天交界的地方，那里雾气弥漫，看不清是海还是天。

姨，你不会有事的。

4

肚子的绞痛一开始是不经意的，一下，两下，美真以为自己不小心吃坏肚子了。直到她感到一股热流从下面涌出，她一手扶住墙壁，借着卫生间昏暗的灯光，马桶里一片殷红。

失了筹码的美真整个人仿佛被掏空了，她失魂落魄地在陈子文家堵他，然而陈子文十分地厌恶她，他忙着接订单，根本无暇顾及她。他甚至在电话里大声斥责美真，连一个孩子都保不住，你有什么用？电话里传来嘟嘟的忙音震碎了美真的梦。事态在看似有了明朗的发展后急转直下，恍若海面迷雾中的海市蜃楼，远远望去华丽壮观，待雾气散尽，只剩空空的海平面。

美真原本渴望借着陈子文过上新的生活，她急切地想摆脱原来的生活，那个未修水泥路、到了镇车站还要步行十几公里山路才能进去的小村庄，就像一面灰色、长着霉斑的墙壁，轻轻一碰，就有大片斑驳脱落。她陷入一种执着里，不明白自己已经被一张无形的网牢牢固住，她已然成为这张网里的猎物。

弄堂两边丢弃着一些无用的石块，上面布满翠绿色的苔藓，墙壁上爬满了爬山虎，成片的绿自墙顶倾泻而下。美真在墙角见到了陈子文。她上前一步，想要与陈子文说个明白。陈子文已经尽力躲避她了，他恼羞成怒，你怎么阴魂不散的！

美真的胸口堵着一块巨石，连日的打击，让她面容憔悴、毫无血色，她幽幽道，我倒情愿自己是个女鬼！

陈子文往后退了几步，说什么晦气的话！你要是听话点儿，我还能给你找个本地的男人，一点儿都不比我差。

美真歇斯底里朝陈子文低吼道，你当我是什么，当初是你说自己的妻子身患绝症，时日无多。你还说……

够了！陈子文扯了扯领带，男人的话你也信？

美真勉强扶住那一墙的绿，她望着眼前变得完全陌生的男人，被一股巨大的悲伤攫住，陈子文我告诉你，你这是在逼我死，你信不信我会吊死在你房间里！

陈子文头也不回地走了，要死要活是你的事！

美真失踪了，有人说她回了老家，也有人说她去了另一个厂区。有一天晚上，晓艾上完夜班回到房间，一打开灯，她就看到了悬挂在半空的美真。她的身体像一团棉絮，毫无生气。晓艾充满恐惧的尖叫声冲破胸腔，回响在房屋上空，甚至穿透了机器的轰鸣声。

一切显得毫无头绪，人们不明白好好的一个女孩怎么就走了绝路。一切又非常明朗，陈子文在警方面前坦然自若、谦逊有礼。毕竟人是在他这里没的，作为老板，他也只能从人道主义上给予补偿。

他无奈地朝警方耸耸肩，这真是一件遗憾的事情。

宝珠站在房间的玄关处，回味着美真喝下的一碗碗汤，她亲手熬制的汤，观看一场场惊悚片似的，指甲在雪白的墙壁上抠出一道道印子。

案件很快被定性为自杀，一切喧嚣恢复平静。然而无人前来认领美真的骨灰。最后白芹出面，联系了海葬船，为美真举行了海葬仪式。

素白的花瓣在海浪推动下渐渐消失，宝珠将手里的最后一朵菊花抛向海面。白芹捧着骨灰盒，在将它沉入海里前似是轻叹了一声，到底年轻了些，不值得。

骨灰盒很快沉入海底。宝珠问，你恨她吗？

白芹将胸前的墨镜重新戴上，摇了摇头，不再说话。

车间的女工们依旧每日忙碌着，现在正是旺季，机器日夜轰鸣。模特们在工作室换上一顶顶样式各异的帽子，展现着他们姣好的容貌。陈子文已经不满足于线下订单，他打算将产品放到网络上销售，电商正在兴起。

白芹的身影经常出现在海边，她看了许许多多的海上葬礼，每一个步骤都已熟悉。偶尔宝珠会跟她一起。

你说，看着他们的葬礼，像不像将自己的葬礼提前演练了一遍？

白芹沉浸在哀伤的音乐里，那一个个洁白的骨灰盒，沉入海中之后瞬间消失无影，只有海面飘零的花瓣，寄托着生者的无尽思念。

宝珠默默地跟在身后，海风带着咸涩，她对白芹说，姨，一切都会好起来的。

5

宝珠生下来就与众不同，并没有发出啼哭声，她在母体内待了太久，白梅已经耗尽体力。长时间的拉锯战让宝珠有些缺氧。那一声迟迟不肯来的啼哭声如阴云笼罩在这个家族的上空，人们认为她是不祥的产物。她瞪着一双乌溜溜的眼睛观望着每一个来看她的人。那些人的眼里并没有善意，只是来凑热闹。宝珠长时间地凝视让前来观望的人心里一阵阵发怵。宝珠已经好几天没吃奶了，白梅将肿胀的乳房塞到她嘴里，这个年轻母亲的心里充满了忧愁与无奈。村里吴妈家的媳妇凑巧也在哺乳期，在白梅诚恳的请求下，吴家媳妇前来给宝珠喂奶。宝珠依偎在柔软的、充满奶香味的吴家媳妇身上，一双黑漆漆的眼眸只是盯着她看，她依旧不肯吸奶。吴家媳妇的心咚咚跳，她将宝珠还给白梅，抱歉，她说，孩子不吃我的奶。

宝珠被放在门口的一个竹筐里，大红的肚兜包裹住瘦小的身段，上面用金丝线绣着一对龙凤，寓意龙凤呈祥。然而这并没有给她带来好运，她的两只胳膊、两条腿都干瘦干瘦的、紫黑紫黑的，像被谁掐了一样，她十分安静地躺在箩筐里，并不知道接下来将会面临什么样的命运。

吴云法，白梅的公公，宝珠的爷爷，他从陈列着列祖列宗牌匾的祠堂里出来，方才他已上过香，将家中所出的异事报给了老祖宗，想来，他们也会十分赞同他的做法。他拿着一把锄头，从屋外走来，屋内昏暗的光线将他脸上的表情淹没。太婆拄着拐杖颤颤巍巍从老宅里赶来，嘴里一直念着"作孽，作孽"，拐杖落在石板地上，发出铿锵有力的"笃笃"声。她的眼泪，混合着眼屎，挂在眼角，一片浑浊。

白梅喊来了白芹，必须得有一个人将吴云法这个可怕的念头掐灭。一碗红糖水被端到太婆跟前。太婆将拐杖往地上顿了顿，以示她在这个家中的地位，我还没死哪！

红糖水散发出独特的甜腻的香味，白芹小心翼翼地拿勺子盛了一点点，水分特有的湿度滋润着宝珠干裂的嘴唇。房间里几个人的目光齐刷刷投到宝珠身上。白梅一张脸蜡黄蜡黄的，她还在坐月子，她肿胀的乳房无处安放。她红肿的眼眶显示了她的处境，此时这双布满红血丝的眼，正死死盯着宝珠，满怀期待。我们的宝珠，她的目光穿越了众人，忽然笑了，她伸出舌头舔了一下嘴唇。

宝珠被白芹抱回了家。那一天她喝了一小勺红糖水，继而开始进食。宝珠的童年，是在外婆家长大的，母亲忙着怀二胎，无暇顾及她。外婆要操持一大家子的生计，尚在襁褓中的宝珠，是白芹抱大的。

宝珠从小就跟白芹很亲。白芹结婚时，还是她做的花童。婚礼上的陈子文，就跟电视里走出来的男主角一样。少女宝珠，内心曾有过一番幻想。在那些并不存在的场景里，男主衣袂飘飘、风度翩翩，宝珠是等待男主从天而降解救的柔弱女主。陈子文是宝珠少女时期的寄托。白芹年轻时鹅蛋脸，眉似远黛，双瞳剪水。上门提亲的人，不乏家境殷实的。白芹看中了木匠陈子文，她坐在摩托车的后座位上，陈子文带着她，在乡镇道路上发出轰轰的声音，那是男人与女人之间的激情。每天傍晚，宝珠都静静倚在门框上等白芹回来。又或许，她等的人是陈子文。天际的云幻化出各种造型，晚霞如火，渐渐隐匿于夜色。

在陈子文的厂里，宝珠与晓艾还算谈得来，她们是最早的员工，又一起搭过班。美真走后，晓艾由于害怕便搬过来与宝珠同住。

6

宝珠没多久就从陈子文的厂里离开了。某一天，当她一个人出现在海边，一个男人似乎发现了她，慢慢朝她走来。宝珠以为男人会从她身边经过，然而，男人在她身边停了下来。

我叫安，男人说，我注意你很久了，我可以请你帮一个忙吗？

宝珠望向不远处的海葬船。今天并没有仪式举行，黑色的布帘卷起来，将海葬船伪装成一艘普通的船。

男人说，你可以与我一起去大连吗？

宝珠与安奔赴大连。在那边的一片海域，安在当地政府的扶持下，办了一艘海葬船。安从一处海域奔赴了另一处海域。

安说，海是活的，它每一天都对着我轻声细语。海浪轻拍，人们的悲欢在海里延续。

宝珠见过的最小的海葬者，只有十几个月大。有些地方有风俗，晚辈死在长辈面前，是不能进祖坟的。孩子的父母选择了海葬。意外藏在命运的夹缝里，伺机改变每个人的轨迹。孩子的父母白天出去工作，暂时将她交由放暑假的小姑子带。小姑子趁着孩子熟睡，去楼下取快递，回来时孩子已躺在楼下冰冷的草坪上。

　　整个海葬过程，孩子的小姑全程参与。她失语一般，哑口无言，神情呆滞，似乎灵魂已经跟着孩子走了。当孩子的母亲抱着小小的骨灰盒准备将它放入海中时，孩子的小姑失魂落魄地走过来，她请求由她来将骨灰盒放入海中。

　　天上下着蒙蒙细雨，雨珠是世间另一种形式的花，砸落地面，无迹可寻。你亲眼见证它的美、凋零，无可奈何。雨水不断飘落海面。众人沉浸在哀伤中，"扑通"一声，女孩抱着骨灰盒跳入了海水中。作为司仪，宝珠主持了一场又一场海葬仪式，她见证了太多的生死离别，然而也是第一次见到如此惨烈的场面。

　　晓艾给宝珠寄来信件，她在信中用血泪控诉陈子文。在宝珠离开后不久，陈子文有一回喝醉酒半夜摸错了房间，等到清醒时，晓艾已蜷缩在一角抽泣，机器的轰鸣声掩盖了一切。陈子文爱上了酗酒，每次喝醉后他都要走错房间，从模特 A 的房间走错到模特 B 的房间。有一回半夜，他又走错，进入了晓艾的房间。

　　白芹的头疾已经很严重了。终于有一天，她晕倒在了某个模特的房间门口。她经历了一场大手术，暂时从死神手上挣脱，只是心灰意冷。她并不想见到陈子文，然而终是多年的夫妻，他们的生活盘根错节，环环相扣。一对尚年幼的儿女，房产，债务，公司，双方父母……一切的一切加重了她的头疾。小时候每到年关，乡下家家户户宰猪，屠夫将专用的刀具从猪脖子处扎进去，鲜红的血瞬间喷涌，溅落一地，待到凝固，只剩下深红色的、裹挟着灰尘的印迹，令人不适，一时又抹不去。白芹只能隐忍着。

主治医生很快提出几套治疗方案，只有将身体里叛变的细胞杀死，才能重获新生。白芹拒绝了，精神上的刺痛已经让她的身体出现了钝感。她感受不到身体的疼痛。她快速地办理了出院，在陈子文驱车去另外一个市区谈业务的时候。陈子文的生意越做越大，他从一个酒局奔赴到另一个酒局，在无数个灯火通明的夜晚，白芹彻夜开着灯等陈子文回来。陈子文告诉白芹，业务都是他拿酒一杯杯换来的。当然，他的女助理功不可没。女助理，多么暧昧又亲切的称呼。白芹知道，陈子文已经不是当年那个小木匠，父亲已经扼不住他的命脉，她白芹更不可能。生活犹如行走在海泥上，也许一脚下去，就有被吞陷的可能。然而人们前仆后继，争拥着往海泥的方向扑去。

那是一处浑浊的海域，需得翻过一座山丘，那片海域，在山的另一面。这是一处被冷落的海，在山间攀爬，石阶两旁随处可见随意散落的生活垃圾。宝珠从大连赶回，她陪着白芹，一边走一边将垃圾捡起来放入随身携带的袋子里。白芹幽幽地说道，你这是何苦，过不了片刻又会有新的垃圾出现。她已经很虚弱了，然而她执意要来这片海域。陈子文刚开启他的生意王国时，每当失意，他就会带白芹来这里，除了爬山还能看看海。难的不是上坡，而是从高处往下走。那时，海水虽然也是黄色的、浑浊的，但是没有这么多的垃圾。她与陈子文的生活，还是很单一的。这些垃圾是什么时候出现的呢？

白芹的精神似乎越来越好，在与宝珠又一次前往海边时，她忽然感到一阵晕眩，瘫软了下去。生活就像多米诺骨牌，当第一枚骨牌倒下，其余骨牌会依次倒下。闭上眼睛前白芹看到满天霞光。

所有人都在呵斥宝珠，竟任由一个病人胡闹。宝珠从不回应，沉默以对，她已经很久不与妹妹通信了，电子产品迅速崛起，书信显得迂腐又不合时宜。她床头的抽屉里还放着当年晓艾的信件。陈子文从外地赶回，天飘着蒙蒙细雨，作为一个事业有成又顾家的男人，他急速行驶在高速公路上。一个人的形象需要经营，就像经营生意一样。飘落的雨丝在橙色路灯下快速下坠，陈子文看不清，也无暇去关心雨丝的去向。方向盘迅速打转，轮胎发出尖锐的摩擦声，在离医院不到一公里的路上，他看不清忽然窜出来的人影是从哪个方向来的。

白芹已经苏醒，她的病床靠着窗，晴天的时候一睁眼，就能看到大片碧蓝澄清的天空。

天真蓝啊，比海水还要蓝，白芹说，可经常也有乌云蔽日的时候。她让宝珠把床轻轻摇起，然后靠着床头，安静地盯着蓝天。

如果我不在了，你把我葬到海里吧。

宝珠顺着白芹的目光望出去，不，一切都会好起来的。

天桥之外

1

认识陈臻的时候，贺兰还在保险公司当一名话务员。她每天的工作就是对着密密麻麻的号码本子，一个一个地拨通它们。他们有专门的话术，预约成功后就由经理带着贺兰去拜访客户。这些名字一眼就能看出来男女，汉字真的很玄妙。电话那头的声音有沙哑的有洪亮的，有的亲近有的冷漠，有些人接起来就挂掉了，甚至有些处于更年期或者长期生病心境不佳的人，一听到保险公司的电话，也会毫不客气地问候一声贺兰。有阳光的时候，贺兰经常对着窗外的法国梧桐树出神，在心里揣摩着一个个陌生名字背后的故事。在这些名字的背后，隐藏着怎样平淡或惊心动魄的故事？

贺兰住在离公司不远的一处老居民楼里，那是典型的 S 市老房子，经年潮湿，阳光离得很远。老房子与老房子之间隔了青石板路，一根根晾衣竿从木质窗户里伸出来，在逼仄的空间里，都快要戳到对面的房子里去了。各色各样的衣物挂在上面，张扬着，一点儿都没有收敛的意思，争相在风里招摇。楼梯是木质的，几乎呈垂直形式，踩在上面吱吱呀呀的，贺兰每次爬楼梯都会产生幻觉，她会不会跟着木梯一起向后仰去，在那一刹那，她的整个人都是空灵的、轻盈的。

跟贺兰合租的是一名东北姑娘，有着寻常的名字，雪。雪有一个男朋友，跟她是老乡，贺兰有一次听见雪喊他强哥。强哥经常趁贺兰去公司的时候来找雪。对此贺兰一直睁一只眼闭一只眼。年轻旺盛的荷尔蒙，就像盛夏里钻过茂密树叶投到地面的光影，挡也挡不住。有一回贺兰离开出租屋后，又折返去拿落下的一份资料，一开门，便撞进正准备出门的强哥怀里。贺兰有着南方人娇小的骨架，她像一团棉花一样弹到了强哥身上。强哥笑嘻嘻地扶住她。贺兰面红耳赤，有几分慌乱，拿了资料，急匆匆地低头离开。

强哥出现得越来越频繁，甚至好几次，他们在出租屋里架起了火锅，各种食材在锅里热火朝天地翻滚着，咕嘟咕嘟地冒着奶白色的雾气，窗户上蒙了薄薄的一层水雾。强哥拿着大葱，就着酱料，没一会儿，一根生大葱就只剩半截翠绿的葱叶，强哥又将几头剥好的生大蒜扔进嘴里。末了，他头一仰，眼都不眨地一下将整瓶啤酒都灌了下去。几个一起吃饭的人拍手称好。强哥像掐准了似的，专挑贺兰在的时候聚餐。男人们在餐桌上开怀豪饮，表演吹啤酒，速度快的那个满面红光，一脸英雄气概。他们在女人们面前，将表演欲、征服欲发挥得淋漓尽致。贺兰想走，她受不了大葱与大蒜呛鼻的味道，也受不了满屋子的酒气与烟味，却不好拒绝他们的一再挽留。贺兰像是被架在火上烤似的，被灌了不少酒。她一向不喝酒，不知怎地就被灌了酒。迷迷糊糊间热闹的场景消失了，刚才还一起喝酒的男男女女不见了。贺兰靠在床头，一双手像蛇一样地在她身上游走，她想推开，却全身无力，又或许是酒后幻觉？一股浓重的酒气与蒜味令她一个激灵，酒醒了一半。强哥正往她身上靠。

她奋力想推开贴上来的男人，我不是雪，她说。

强哥一张脸像煮熟了似的泛着紫红色，眼睛像被胶水粘住，努力想睁开又睁不开。突然，一股腐臭的味道从口腔里喷出来，贺兰差点儿昏过去。

男人像一堵墙压住贺兰，贺兰大骇，酒意全无。

贺兰伸出去一只手乱摸，摸到一个啤酒瓶，哐当一下砸碎。玻璃瓶炸裂的刺耳声，在隔音并不好的老房子里显得尤为尖锐。

强哥吓得一个激灵，酒顿时醒了一半，没想到看上去柔弱的南方姑娘竟有如此强劲的爆发力。他瘫在床沿，讪讪地说他喝醉了，将她当成雪了。酒真是个好东西，它可以让一个正常的人失去理智，颠倒黑白。

关于那晚发生的一切，贺兰一直缄默，她只有在晚上的时候才会回到老房子。白天，她不是在打电话预约客户，就是跟经理在跑客户的路上。她不知道如果自己将那一晚的事情告诉雪，雪会不会相信她说的话，谎言与真相并无绝对，界限模糊。毕竟合租的是女孩子，也不至于留强哥过夜。如此相安无事。

卧室的灯光虽然昏暗，贺兰还是发现了那张她跟雪合睡的床上出现一坨可疑的污渍。那团污渍以沉默的方式跟贺兰讲述了刚才在这个房间里发生的一切。贺兰对着那团污渍多看了几眼，想起那次不适的经历，不经意皱了一下眉。这样一个细微的动作被雪捕捉到了，她说，瞅啥呢，这床你爱睡不睡吧。贺兰面对着雪那张挑衅的脸，难以置信，她们以前竟然每晚同床共枕。你以为熟悉的人，可以将熟睡的自己托付的那个人，也许正在你看不见的角落里，变幻出另一副面孔。

贺兰跌跌撞撞地下了楼梯，她不知道自己为什么要这样做，在她没有找到目的地的时候就已经做出了鲁莽的选择。她为自己、为雪，抑或为女人们感到悲哀，贺兰无处可去。在 S 市，她只是一个异乡的漂泊者，没有根的灵魂。陈臻就是在这个时候跳进贺兰脑海里的。陈臻也是保险公司的话务员，虽然他在工作上并没有那么积极。贺兰经常在办公室里看到他趴在电话机面前睡觉。他体形微胖，头发微微带点儿自来卷，单眼皮，蒜头鼻，并不出彩的五官拼凑在一起，加上一米八几的大高个，倒也还看得过去。最最关键的，他是 S 市本地人。在那样一个晚上，在那样的情况下，贺兰忽然就对陈臻产生了莫名的情愫。在这之前，好几次公司举行活动的时候，陈臻都表达了对贺兰的好感。陈臻本地人的优越感在贺兰这里碰了个软壁。贺兰对爱情缺乏幻想。但是现在，她从来没有像此刻迫切地需要陈臻，也许她只是想要一个可以容身的地方，而陈臻是这个地方的代名词，然后，她毫不犹豫地坐上了 44 路公交车。

2

　　这是一座有界限感的天桥，桥的东边是老房区，住的都是 S 市本地人，桥的西边是新城区，住的都是新 S 市人。一条马路，将 S 市隔成了新旧两区。陈臻的家，就在那片老城区。贺兰既不是桥东边的人，也不是桥西边的人。她可以是桥东边的人，也可以是桥西边的人。此刻她正行走在天桥上，月亮在她身后冷冷地凝视着她，月光将她的影子拉得狭长，落在桥的东边。

　　下了天桥，仿佛从一个时空进入另一个时空，高楼不见了。这世间有太多低矮逼仄的老房子，它们都极其相似。贺兰看到自己从一个老房子进入了另一个老房子。陈臻在某间老房子里等着她。陈臻的房间比她的大不了多少，没有卫生间，所有的老房子都没有卫生间。一只痰盂放在门后。陈臻下来迎接贺兰，进门的时候他解开裤带，对着痰盂。贺兰听到水柱撞击器皿的声音，那是她熟悉的声音。只有一张床，老房子大多只有一张床。陈臻身上的热气喷了过来。陈臻说墙壁冷，我身上暖和。陈臻体型高大，这张床只适合他一个人睡。贺兰紧紧贴着墙。哦，也紧紧贴着陈臻。陈臻虽然打电话预约客户不积极，但他有一种天生的好口才，他又一次倾诉了他对贺兰的爱，贺兰不禁被他的诉说感动，不知不觉地屈从于他富有磁性的男性的爱情言语之中。贺兰在黑暗中被一种低迷的声音所折服。

贺兰在公司的时候和陈臻还是保持着同事的关系，这样一种状态，似乎从一开始就验证了结局。每个人都在奔赴结局的路上。贺兰似乎有了某种感知的能力，每当强哥离开她和雪合租的房子时，她的眼睛总是不自觉地扫视床单，到处都是可疑的证据，这成了她从一个老房子奔赴另一个老房子的坚定动力。天桥上经常见到一个女人的身影，从一端走向另一端。没多久，贺兰就习惯了在陈臻面前如厕。贺兰熟稔的样子似乎房间里只有她一个人，所有的动作一气呵成。老房子里没有遮羞布。

天下所有的母亲都觉得自己可以随时出入儿子的房间。打开老房子的门，陈臻的母亲发现了儿子身旁的年轻女人。喜忧参半，莫名的情绪上来，伴随着阵阵酸意。很快陈臻有女朋友的事就被摆到了明面上。陈臻的叔叔在离陈臻家不远的地方开了一家面馆，兼带卖冥币、福寿纸。陈臻经常坦然地带她去他叔叔那里吃面。简单的面馆，陈列着各种浇头，冒着老房子才有的热腾腾的烟火气。有时候还会碰到陈臻的堂妹。贺兰很快就认识了陈臻家几个重要的亲戚。所有人都默认了贺兰的存在。沉默是对某种关系的认可，这种认可，带着模棱两可的模糊感。

一天，贺兰跟陈臻从叔叔那里出来，叔叔比平素多了几分沉重肃穆的感觉，他从店里陈列的货柜里挑了一些冥币和纸钞。原来今天是中元节。陈臻的父亲去世得早，母亲忙于生计，他从小就在老弄堂里跟着堂妹玩。天黑的时候，老房子笼罩在油墨画一样深沉的夜色里。老城区没有霓虹灯，一到夜晚，就与黑暗同寂。在老房子的门口，陈臻与贺兰一同将冥币抖散，在阴湿的青石路上堆成一堆。火焰跳动着，两张年轻的脸在火焰闪动下忽明忽暗，显得有些变幻莫测。陈臻忽然问，你家有没有过世的先人？贺兰一时愣住，她忽然就想到了她外公。她从来没有那样虔诚地怀念过一个人。外公在她很小的时候就已离世，关于外公的记忆，少之又少，她甚至记不清外公的模样。然而此时，在异地他乡，这个祭奠亡者的特殊日子里，她想到了她的外公。火苗贪婪地向上蹿动，传达着某种信号。贺兰从来没有求过人，她连活着的人都没有请求过。此刻，她微微眯着眼睛，口中念念有词，学着她母亲平时默念的样子，请求她的外公，保佑她这段姻缘。她没有跟母亲谈论过她的未来女婿，也没有跟朋友分享过她喜悦的恋情。最早知道她恋情的，是她过世的外公。她从来没有像此刻一样相信神明的力量。她请求外公的庇佑。

贺兰的心绪有些乱，那团火焰在她脑海里忽高忽低，她第一次坚持在深夜回去。路上偶尔见到模糊的人影蹲在路旁，火苗蹿得老高，他们抖着冥币，口中念念有词，万千思念随着被风吹散的纸灰传递到未知的世界。到处都是模糊的人影与晃动的火焰，思念在这一天到达顶峰。经过漆黑的弄堂，贺兰发现一个更黑的黑影出现在某一间老房子的门口。也许那只是一个在老房子里待腻了的人，他急需出来喘一口气。贺兰不能回头，那是她回房间的必经之路，同他相遇的时候，贺兰窘迫地向他点了点头，黑影没动。贺兰回过头去望了他一眼，惊异地发现，他也回过头来，两只眼睛在夜色里盯着贺兰。关上房门的时候，贺兰摸索着从包里掏出烟，点燃了一支烟，企图用烟雾来减缓战栗的感觉。她必须打电话给陈臻，她需要通过声波来传递心里的委屈。黑暗中，一个普通人在中元节晚上被贺兰妖魔化。陈臻说，没事，以后我来保护你，妖魔鬼怪见了我都得绕道走。

雪已经好几天没有回来了，贺兰看到床铺被叠得整整齐齐，还是早上她出去时的模样。她亦已有一段时间没有再见到过强哥。

后半夜的时候，房间里传来窸窸窣窣的声音，是那种廉价的呢绒袋的拉扯声。夜灯开着，贺兰被惊醒。她看到一个女人蹲在衣柜前，正在往袋子里装着衣物。女人的背影显得落寞，又透露出几分疲态。

贺兰打开灯。雪一下子暴露在灯光之下。雪的面色有些灰暗，毫无生气，像抹了一层厚厚的墙灰。她胡乱地往袋子里装着衣物，自言自语地说，来不及了，来不及了。

强哥在一家酒吧当保安。雪隐晦地说他得罪了某个重量级客人，现在客人正在到处找他，S市再繁华，却也没有他们的容身之处了。

强哥此时正在赶往老家的路上，为了不牵连到雪，他们分开回家。雪继续往袋子里塞着东西，她看着隐藏在昏暗角落里的器皿，锅、碗……它们曾在这个房间里热气腾腾过，此刻正冷静地在角落里，一副置身事外的姿态。

雪凑到贺兰的面前，现在，它们属于你了，这张床，以后也属于你了。我知道李强脑子里装的是什么屎尿，他一个喷嚏我就猜到他的坏心思。只是，阿兰，我们都是女人，除非你不想要这个男人了，不然就算是一件垃圾，我们也得在明面上把它擦得锃亮一些。

雪轻抚着肚子，回老家我们就举行婚礼，医生说我如果不要这个孩子的话，以后很难再怀上。

雪踏着夜色离开了。她留下一句话，张强也好，李强、王强也罢，男人哪，就是一起过日子，有些事，犯不着。

贺兰从窗口看到雪跳上了一辆出租车，消失在夜雾中。

3

木门被推开的时候发出吱呀吱呀的声音，长期风吹日晒，边角已经斑驳。窗户上贴着玻璃贴纸，在阳光的照射下，闪着墨绿的光泽，堂妹的处境并不比陈臻好。S市寸土寸金，堂妹一家挤在约十平方米的老房子里，床是上下铺的，堂妹睡上铺，父母睡下铺，帘子一拉，便是两个独立的、私密的空间。贺兰看到靠窗的一张大桌子上放满了瓶瓶罐罐的化妆品，在窗纸的投射下变幻出迷彩的光。堂妹虽然住在老房子里，但是一应吃穿用度却是时下最时兴的，她一点儿都不比写字楼里的摩登女郎过得寒酸。出了这个门，谁能想到这个妙龄女子跟父母挤在一个小房子里呢？

堂妹端坐在桌子前，面前放着一枚十分洋气的镜子，那些瓶瓶罐罐，在她的手里如有了魔法一般，它们齐心协力，将堂妹打造成了一个可人儿，她对着镜子满意地挑了一下眉毛，眼角眉梢都是妩媚。堂妹找了一个香港男朋友，她拾掇好自己后躲到了床上。手机里传来一个男人的声音，一口粤式普通话并不怎么标准，听着另有一番腔调。贺兰看不到对面的男人，她只看着堂妹的大红唇时不时咧开，做了美甲的手偶尔撩拨一下垂落到额前的头发，妩媚动人的样子令贺兰自叹不如。贺兰偷偷往镜子里瞅了一眼自己，一张素面朝天的脸，唯一的优势便是年轻，轮廓尚且饱满。

陈臻不算十分上进，审美却是在线的。绝大多数男人都喜欢脸上有颜色的女人。堂妹的脸上挂着红的、粉的、蓝的颜色……陈臻说，你应该多跟我堂妹学着点儿化妆。有时候他还会刻意把贺兰带去他堂妹家。堂妹的男朋友在香港，他们经常煲电话粥。贺兰坐在堂妹化妆的镜子前，拿起一瓶，又放下一瓶，她到底没学会化妆。但是她听出来了，香港男人是有老婆的。陈臻的堂妹，与香港的一名有妇之夫打得火热。这个秘密没有人告诉她，但所有人都知道。秘密像阳光下的灰尘，它们存在，且不动声色。

今天是个喜庆的日子，陈臻的一个亲戚结婚，在 S 市西边一处高档酒店里。陈臻很早就在某宝给贺兰挑了一身衣服，又让堂妹带她去南京西路某处美发沙龙换了一个发型。陈臻说你真应该跟我堂妹学习怎么穿衣打扮，女人总归是要拾掇自己的。陈臻将堂妹视为标杆，时刻以她为模板来要求贺兰。贺兰想起了那个香港男人，他应该也喜欢年轻的、有颜色的堂妹吧。她在镜子里细细端详自己年轻的肌肤，年轻的肌肤还需要颜色吗？衣服是陈臻挑的，发型是设计师设计的。镜子里的年轻女子显得有些陌生和拘谨。贺兰看到了一个陌生的女人。

几个男人在前面走着，贺兰与堂妹在后面跟着，穿高跟鞋的女人总是觉得比较麻烦，风会拂乱她们的发型和衣角，女士们走得很小心翼翼。堂妹挎着一款时下流行的挎包，一看就价格不菲，她悄悄地靠近贺兰耳畔，这个包好看吧，最新款，他送的！堂妹挽住贺兰的手，一边走一边与她咬着耳朵，说着女人才有的秘密，一头蓬松的卷发在微风中轻盈地跳动。堂妹往后甩了一下她飘逸的长发，脸上的笑忽然凝固了，她拽了拽贺兰的手，眼睛向后斜去，用一种极其低迷的声音说，别回头，走快些，后面那个男人跟着我们很久了。贺兰却不自觉地向后望去，一个瘦小的、不起眼的男人果然就在不远处。贺兰不知道那个男人是什么时候出现的，跟了她们多久。高跟鞋撞击地面的声音有些沉重和急促。堂妹拿出手机准备拨通陈臻的号码。与此同时，贺兰感到身后仓促的脚步声越逼越近。贺兰从来没有碰到这样的情况，一时有些懵，这不是电视里才有的情节吗？身后过来一阵风，贺兰感到自己的包被一股力量向后拽去，眼前晃过一道明晃晃的光，那是金属特有的反光，闪着寒气。堂妹尖叫一声弹开，撇下了贺兰，往陈臻他们那个方向跑，一头扎进着急赶来的陈臻怀里。陈臻看到已经远去的瘦小男人手中明晃晃的刀，他迟疑了，被堂妹沉重的躯体拖住，迈不开步。贺兰一时也傻在原地，她抬头看了看四周，路两旁的梧桐树已经开始凋零，一片一片枯黄的叶子缓缓地飘落于地上，这是对宿命的无声妥协。贺兰忽然脱下高跟鞋，撇下目瞪口呆的陈臻与堂妹，朝那个瘦小的黑影追去。

在鸳鸯厅里，贺兰见到了陈臻。她挎着包，施施然地走向陈臻，高跟鞋与紧身连衣裙为她增添了几分女性的风情。台上，主持人正给一对新人作证婚致辞。新娘的父母正一脸庄重地将女儿的手交到新郎手中。堂妹夸张地对贺兰说，你不要命了吗？人家手里有刀哎，那刀可没长眼睛……陈臻不敢看贺兰。主持人妙语连珠，欢快的音乐环绕在房间，真是一幅温馨美好的场景。

4

贺兰已经很久没有去陈臻家了。他们每天依然在公司碰面。好几次陈臻想开口，都被贺兰的眼神给憋回去了。那天她光着脚追上瘦小的男人时，男人被她震住了。那只是一把假刀。男人痛哭流涕地诉说着生活的艰辛。他甚至怨恨贺兰为什么如此较真。他说，我从没见过你这么狠的女人。贺兰依旧每天在办公室里对着厚厚的电话本不厌其烦地拨打着一个又一个号码。她依然会猜测每一个号码的背后有着怎样平淡或不平淡的故事。贺兰给陈臻发了最后一条简讯：我要回老家了。贺兰的脑海里闪过中元节的那个夜晚，她与陈臻在风中给外公烧的纸币。她想自己一定是忘了告诉外公去哪里领她烧的纸币，因为外公并没有庇佑她的这段姻缘。或者，这亦是一种守护。

堂妹出事了。香港男人的原配早就嗅出自己男人的反常。男人与女人打扮自己，多半都不是为了取悦自己的配偶。同样，当一个人在婚姻里越活越滋润，绝大多数不是另一半的功劳，毕竟好的婚姻不是人人唾手可得。一个人戏演得久了，难免松懈大意。香港男人往返于港陆之间，越发容光焕发。这一切自然不是原配的功劳，她不信自己有这般能力。

堂妹惊慌失措地给贺兰打电话，她在电话里语气慌乱，没有半点儿从容，贺兰无论如何也不能将她与立于梳妆镜前淡然画眉的女子联系起来。香港男人已经失联，自从原配过来找过一次堂妹，她就成了自己老公的代言人。

堂妹忽又转为愤怒的语气，原来他所为我花费的桩桩件件，都是有记录的，现在他老婆要悉数追回，否则就法庭上见。

堂妹除了低声问候香港男人，别无他法。

在S市，天桥的另一边，越来越多的高楼林立。你侬我侬时，男人曾在天桥上随手一挥，要为堂妹在某高档小区置办豪宅。

到底是黄粱一梦。醒过来的堂妹，依旧与父母蜗居在老城区的小房子里。

　　贺兰去办公室收拾自己的物件时，在窗前伫立了许久，法国梧桐树的叶子已经掉光了，光秃秃地伫立在 S 市的寒风中。陈臻不知道什么时候已经站在她身后。他抬起手，想搂住贺兰的肩，犹豫间又觉得唐突，颓然垂下。

　　对不起，他说，我的家在这里，我无法跟你回你老家发展。

　　贺兰知道，像陈臻这样的男人，在老房子里蜗居久了，身体里已经在那扎了根，他们跟老房子的命运息息相关，他们等拆迁，等政府补贴，他们的一生都在等。

　　贺兰拎着行李箱，礼貌而客气地对眼前的男人说了一句，祝你好运！

　　窗外的梧桐树一棵挨着一棵，看似挨得很近，然而并没有交集。天桥上依旧人来人往，走向相反的方向。贺兰走下天桥，最后终是忍不住，回头望了一眼，这个她曾经幻想过能获得幸福的地方。

通往 S 市酒店之夜

1

车子冲进雨幕的时候雨刷器疯狂地摇动起来，芝兰已经忘了车载音响里播放的歌曲，这些她已经听了很多遍了，她说，能不能换一些歌曲？然而林霄坚决地否定了，为什么？他说，我是一个怀旧的人。他总是将怀旧挂在嘴上，当初死缠烂打追求芝兰的时候没少说一些怀旧的事，跟他处于冷战期的妻子、已经去世的父亲和七个葫芦娃兄弟的故事。据他说，七个葫芦娃现在只剩下六个了。这听起来是一个悲伤的故事。每当林霄说到怀旧这两个字的时候，芝兰就会联想到自己，仿佛她也成了他旧时光里的一件器皿，一件不会轻易被抛弃的物件。

雨越下越大，现在正是台风季节，到处都是雨水，仿佛女人总也流不尽的泪水。女人的眼泪是最让男人头疼的一件事情。芝兰想起林霄总是在视频另一端说，阿兰，不要一个人在黑暗中流泪。

是林霄发掘了芝兰脸上的酒窝。在这之前，芝兰从未发现过自己脸上有酒窝。林霄说，自信点儿，阿兰，你是一个有酒窝的人。每当芝兰不开心的时候，林霄总是能敏锐地捕捉到，他说，要开心点儿，别让你的小酒窝消失哦。

芝兰无数次地站在镜子前，望着镜子里的女人，试图找到林霄口中的酒窝。这么多年，她从来没有那样仔细地端详过自己的容貌。芝兰想起他们第一次坐在一起谈事情的时候，林霄的手无意间触碰了一下她的手指，好冷，林霄说，你的手好冷，你需要温度。芝兰触电般地缩回了自己的手，嘴角一抿，脸上的酒窝便深了。

女人有时候很简单，三言两语就被感动了。如果把女人的大脑比作一台机器，这个时候的机器，一定处于休眠状态。泡泡多美，但它会越飞越高，并且在空中无情炸裂，七彩的光影瞬间无影无踪。一开始是男人与女人走在一起，走着走着就剩下女人一个人在那里唱独角戏。芝兰并不知道，她正在走向一条没有回响的路。

林霄说他第一次见到芝兰就被她深深地吸引，就像新生婴儿满心满脑地追寻着乳香的源头，永远有用不完的劲儿。他们聊到凌晨两点，手机发烫，芝兰睡过去又靠意念让自己醒过来，强撑着聊了一些男人与女人间陈芝麻烂谷子的事。生活给了中年男女太多的苦楚，就像梅雨季节淅淅沥沥的雨。他们此刻是彼此的光，将各自藏在角落里发霉的心事抖搂出来，寻求一些慰藉。到了白天，他们就是体面的成功人士，彼此礼貌寒暄，不动声色。只是芝兰忘了，彩虹挂在天上，看客不止一个，并且这彩虹还会跑向另一边，展示给新的看客，她永远无法看清一道彩虹的心。当她仰望彩虹的时候，就已经失去了自己。虽然林霄现在的工作微不足道，但是他可是实打实警校毕业的。无数个深夜，林霄在手机一端滔滔不绝地给一个女人讲述他曾经的风光，包括他七个葫芦娃兄弟的故事。虽然后来其中一个葫芦夭折了，剩下的六个葫芦也是尽了兄弟情义，每年都资助那位兄弟的妻女。当然，这个事情只有他们六个兄弟知道，他们的妻子都是不知情的。由此可见，在一些事情上，男人们总是靠谱，重情义的。芝兰庆幸自己遇到了这样一位重情义并且怀旧的男人。

林霄还是 S 市的陪审员。但他也有过悲伤的往事，当初他辞去体制内工作下海，去了北方，留下未婚妻一人在老家。虽然未办酒席，但是他们领了证，已经是合法意义上的夫妻。林霄每天都会给妻子打电话，却在年底回家的时候见到了肚子微微隆起的妻子，彼时他们已经一年多没见面了。他不能当作什么都没有发生，作为一名有情义的男子，林霄把自己关在房间里几天没有出来，一个人在四面都是墙的房间里呜咽，像一头困兽，然而他只把拳头砸向自己。林霄平静地跟妻子去民政局扯了证，同样是红本本，上面的字却不一样，意义全然不同。

雨还在下，能见度极低。林霄说他最害怕这样的天气走高速，他说他妻子可以几天不联系他，要是哪一天他死在路上，也是由警察告诉他的妻子。只有死亡才能引起短暂的关注。即便是如此，这个重情义的男子还是很感激他妻子，在知道他有过红本本的情况下还愿意下嫁给他，然而他们现在处于冷战中，因为他的妻子不满意他现在的工作。林霄说他已经很久没有过夫妻生活了，他妻子在这方面很冷淡。

林霄对芝兰坦陈着一切他的过往，他的父亲、母亲、妻儿、同事、朋友……他的倾诉欲就像七月的台风，裹挟着雨水，铺天盖地向芝兰砸来。说到动情处，林霄还给他的妻子打了电话，这个时候他的女儿肯定跟他妻子一起。林霄在家里一定是竭尽全力地宠着妻女。虽然芝兰听不懂方言，但还是听出了女儿有些过分的言语，那是对父亲的极不尊重，是极其没有家教的表现。芝兰的圣母心此刻更重了。她说，女人在家里的地位都是男人给的。芝兰极大程度上挽回了林霄作为一名有情有义的男人的尊严。

　　车子经过古城的时候他们作了停留。在入口处，林霄给妻子打了视频电话。芝兰刻意远远地站着，她看不到他妻子的脸，这会是一名怎样的女子呢？她脑海里忽然闪过一幅画面，林霄跟他的妻子、女儿、母亲，一家几口在鹅黄色的餐桌前其乐融融的样子。芝兰有些走神。林霄不知道什么时候已经挂了电话，很自然地跟上了她，揽着她的肩。吃饭的时候芝兰点了一盘臭豆腐，当剩下最后一块的时候，林霄夹起来，蘸了一下酱料，递到她嘴边，又极其自然地把吃剩下的塞进了自己嘴里。他们吃饭的样子像极了老夫老妻。芝兰一时间有些感动，他们共同分享了一块食物。瞧瞧，女人的感动来得多么渺小且莫名其妙。

　　他们继续赶路，林霄说到了他的父亲，他不止一次在芝兰面前提到他的父亲。没有父亲就没有他现在的一切，没有父亲他也不可能娶妻生子。他忘不了父亲病危住院那段时间，他一个人在医院里暗无天日的那段时光。在他的心里，山一样的父亲，彻底倒下了。他跟医生商量隐瞒他父亲的病情，想用尽一切方法挽回父亲的生命，然而就在他们以为一切会出现转机的时候，隔壁床的病人无意间向他父亲泄露了秘密。林霄的父亲就此失去了斗志。他至今都不肯原谅隔壁床的病友，林霄手机里还保存着父亲在医院里的最后一段视频，那是多么弥足珍贵的一段视频啊，以后的日日夜夜里，他只能通过视频与父亲相见。

2

　　车子在沿海公路上行驶着，路的两边是无边的海，这是林霄为芝兰制造的惊喜。他不停地提醒她这片海域的存在。公路两边的绿化带飞速倒退，几艘渔船停泊在泥浆一样的海滩。因为台风即将到来，他们都停止了海面活动。车子在堤坝旁停下，林霄走下沙滩，他又说他感谢他的妻子，在知道他离过婚的情况下还愿意嫁给他，为他生了一个可爱的女儿。林霄又拿出手机，给芝兰看他女儿的视频。

林霄说，一个孩子的声音怎么可以这样动听。

有螃蟹从脚下爬过，林霄遗憾地说，要是有瓶子就好了，可以把这些螃蟹捉回去给女儿看。芝兰说，放它们走吧，捉回去也是死路一条。

强烈的占有欲只会将对方逼入绝境。芝兰望着远处隐匿在雾气中的海，一如这生活，半虚半实。

雨又大了，远处停着另一辆车，有一男一女从车上下来，难道也是像他们一样在台风天出来寻刺激的？芝兰看着那对男女向海边走去，在内心里揣测他们的关系。一个背着竹篓的渔民从他们车旁经过，林霄摇下车窗，跟他打招呼，问他都倒腾到了什么好东西。然而渔民像没听到一样，没有任何反应，只顾闷头走路。芝兰以为渔民真是没听到，帮着一起喊。渔民依旧没反应。芝兰于是明白了他是故意不搭理他们。也许在渔民的竹篓里，藏着千金难换的宝贝。每个人的心中都藏着宝，生怕被别人掠夺了去。

车子继续沿山路开着，忽然林霄发现了远处竟然有一条瀑布垂下来。芝兰也看见了，惊喜得尖叫起来。就在那个垂着瀑布的山脚下，在那个僻静的地方，林霄将芝兰覆盖在了身下。芝兰已经在心里笃信林霄是个重情义的人，她是他旧时光里的一件永远不会被遗弃的珍品。

车子在路边缓缓停下来，在快要到达终点的时候。终点从另一种意义上来说，也是另一个起点，那是通向另一条彩虹的入口。林霄拉了手刹，看着芝兰的眼睛说，阿兰，请允许我休息片刻。林霄的眼神是那么疲惫，那是中年男人才有的隐忍、无助的眼神。芝兰忍不住伸手摸了摸林霄的脸。这一张脸谈不上沧桑，但是在此刻，在芝兰的眼里，是那样令人疼惜。芝兰身上的母性情怀被激发出来，她让林霄把椅子放倒，跑到驾驶座后面的位置，她伸展着十指，极尽轻柔地按着林霄的头皮。虽然她不懂穴位，但是她是用了心的，她将自己的心，通过手指，揉进了林霄的身体。林霄昏沉沉地睡了过去，像一个毫无设防的孩子。也许只有在睡着的时候，每个人才会返璞归真。作为儿子、作为父亲、作为丈夫的林霄，在芝兰的安抚下，做着孩童般的梦。

林霄去了外地，变得异常忙碌。那段时间，林霄白天忙着拜访客户，晚上忙着写工作总结。偶尔的闲暇，他也要消化负能量。那些负能量就像体内的宿毒，经常逼得林霄失控。他开始痛心疾首地控诉着芝兰对他的种种不理解，并且以需要消化负能量为由，经常一消失就是好几天。怀旧男人林霄的情绪变得极为诡秘。芝兰感到有一种无形的力量已经横亘在了他们之间。

在一个傍晚，芝兰将车停在路边，那是一条没有路灯的马路。有一棵柳树刚好立在她的车旁。芝兰打开车顶灯，橘黄的灯光照着她细白的腿，她将腿跷在方向盘上，拍了一张照片发在朋友圈，仅林霄一人可见。芝兰希望他像以前一样在第一时间看到她并联系她。于黑夜中，芝兰的身体在逐渐拉长的沉寂中抽搐了一下，仿佛有什么东西开始燃烧起来。芝兰终于沉不住气了，她无法做到像一棵柳树那般淡然。林霄几乎是气急败坏地接起电话的。他说，我还在开会，你知道我有多尴尬吗？我现在是抽空出来的，你到底有什么事？

芝兰赌气地回答没有，她的脸色在灯光下逐渐黯淡下去。

林霄更生气了，你这样就过分了，没什么事我挂电话了！

那一晚，芝兰到底没有再等来林霄的电话。

林霄的电话越来越少，甚至连芝兰主动发的信息，也很少回复了，能用电话或者语音解决的，绝不动用文字。芝兰仿佛掉进了一个没有底的深渊，她不知道自己的灵魂被哪个恶魔收走了，空荡得很。没有人再关注她的酒窝，也不会有人提醒她不要再一个人躲在角落里流眼泪。好几次林霄告诫式地提醒芝兰朋友圈的内容不要乱发，万一哪天不小心点错了……后面的话林霄没有说，然而芝兰有一种不好的预感，他们的交往变成了流水线，不再有惊喜。芝兰想到她看过无数次的电视剧情，当一个人被宣告抢救无效死亡时，心电图上那令人窒息的一道直线，仿佛一把利器，将她的心切得粉碎。

早有人说过，恋爱中的女人零智商，并且将自己摆到很低的位置，女人们需要用仰望来达到自己对情感追求的快感，只有崇拜，才能让她们在一段关系中到达精神的高潮。

芝兰不舍分开，极其低声下气地试探他们的关系。得到肯定的答复后却没有想象中开心。林霄很少再来到她的城市。

最后一次见面时，林霄曾若有所思地说了一句"以后我不在这边的时候，你怎么办……"芝兰当时并未品出这句话的含义。她以为他还会像以前一样离开几天又会回到她身边。芝兰极其体贴地回答，你有空了可以给我发信息、打电话呀！她幻想着他们还像以前一样，她也一直这样认为，毕竟林霄是这样一个有情义且怀旧的男人，他怎么能将她撇下。

太阳在午后两点时最为炽烈，而后便渐渐失去温度，及至夜幕降临，彻底消失。当芝兰再次问了在林霄看来极为愚蠢的问题后，他终于懒得敷衍她了。林霄控诉她的不理智、不成熟、无聊。他说我们都是成年人了，可否稳重些。在无数个深夜，芝兰发大段大段的文字给林霄，有时候是斥责怒骂，有时候又苦苦哀求。她试图唤醒他们在一起时无数个甜蜜的时刻，沙滩、古城、绿荫小道……换来的却是他彻底消失。芝兰忍不住打电话给他，却一次次被林霄一副公事公办的语调灼伤。挂了电话，给他发信息，永远得不到回复。他不再来她的城市。

3

十月中旬的时候，因为某些公事，林霄不得不来到芝兰的城市。芝兰觉得她的机会来了。她知道他入住的酒店，女人跟男人的思维永远不在一条线上，有些事情她觉得必须当面说清楚。芝兰没有电话通知林霄，并且已经在脑海里想象着接下来他们在酒店房间里见面的场景了。林霄应该会再抱抱她。他们有多久没有拥抱了？很多女人总是优柔寡断，自以为是，把男人想象得跟她们一样长情。旧时光里的器皿，如果长时期受冷落，也会蒙灰。那样的灰落在男人们的心头，会令他们失去欣赏的兴趣。

到处都在修路，清理下水道。原本就窄的马路硬生生被挡掉一半，车辆交会的时候经常造成拥挤。那天傍晚的情况很不乐观，前面似乎发生车祸，一辆辆车的后尾灯在暮色里闪着令人绝望的光，车辆堵成一锅粥，芝兰进退不得，懊恼刚刚不应该走这条路。这似乎是某种暗示、征兆。然而她没有退路。车子靠近一条岔道的时候，她突然想起一条小路，几乎没有思考，她就将方向盘切了过去。岔道的一边靠江，路面极窄，另一边停着一辆货车，极大程度上遮挡了能见度。很快，芝兰发现前车在后退，有人下车来，告诉她前面修路，已经被堵死，他们只能倒回去。

然而调转方向是不可能的，她只能后退出去。芝兰从来都没有经历过那样绝望的时刻，当她终于小心翼翼地将车子倒退出来后，又义无反顾地走上了另一端的岔道，多走一些弯路总比堵在这里好，她一分钟都不想多等下去。在某些事情上芝兰是一个果敢的女人。

那晚的月亮似乎都与她作对，早早躲进云层里，也许它实在不想见到如此丧失理智的女人。岔道的对面驶来一辆车，芝兰再一次被迫停下来。绝望的感觉一次次向她袭来，她仿佛沉溺在一潭深水里，唯一的救命稻草离她越来越远。她只能再一次倒退。当对面的车辆终于过去后，芝兰深吸一口气，调整状态，用力踩下油门，在离开岔道前她不想再看到对面有车驶入。那条她平时走过无数次的路，她多花了二十多分钟，绕了一圈后终于到达目的地。

芝兰笃信林霄会见她，她不信他是那样绝情的人。一个没有情感的人怎么会每次回家都会去看奶奶呢？现在还有几个男人会特意花时间坐下来陪老人家聊天呢？她的语气平静得就像一面湖水，如同无数个寻常的往日，我在酒店楼下，她说，你在几号房？林霄在心里爆了句粗口，也许是某个环节出了问题，也许是这个愚蠢的女人在跟他开玩笑，难道他暗示得还不够明白？

我不在酒店，林霄说，我在KFC。四周安静得有点儿尴尬。

芝兰顺着他的话说下去，那我去KFC找你。

你有什么话在电话里说好了。

我已经在楼下了，你在几号房？

林霄一直强调有什么事在电话里解决，坚决地保守着房间号的秘密。

求你，芝兰说，看在过去的情分上，看在我曾爱过你的份儿上。

林霄极不耐烦地挂断了电话。时过境迁，情分早已被时光冲淡。他只是图一时新鲜，并不想惹上麻烦。

芝兰像上了发条的闹钟，再次拨通林霄的电话。他终于松动，答应她下楼来。

事态的发展超出了芝兰的预料，她没想到林霄已经到了这般厌嫌她的地步。她久等不见他下来，打电话再次询问，他敷衍着，穿裤子呢！

月光将树影拉长，满腹心事细细碎碎地落在地上，无声无息，没有出口。芝兰望着酒店大厅里来来往往的人，心里有了某种直觉。电话再次打过去的时候，林霄果然拒接了。她又固执地拨过去，他已经关机。心中的某扇大门被沉沉地关上。

芝兰坐在驾驶室里，一时间竟冷静下来，仿佛一块巨石落地。然而她又做了一个决定。芝兰戴上口罩，鬼使神差地进了酒店，她向前台报了林霄的名字。她说他们是朋友，现在他关机了，也许是手机没电，也许是手机被盗，抑或是这个活生生的男人失踪了……谁知道呢，总之她联系不上他了，但是她知道他住在这里。芝兰请求前台告诉她朋友的房间号。当然，他们是朋友，的确，非常熟悉的朋友。然而前台不为所动，很委婉地告诉芝兰他们不能泄露客户的信息。芝兰知道自己正在做一件荒唐的事，她还不如一个前台，好歹人家还知道林霄现在住在哪个房间，而她只有一串无法拨通的数字。

林霄永远都不会知道，那天晚上芝兰走向他的道路，充满了多少阻碍。然而生活并不会因为你多受了一些波折就会善待你。芝兰知道再等下去也没有意义了。这是一个寻常的夜晚，回去的路并不拥堵，稀稀落落的星星像寻常一样散在夜空，安静且冷冽。芝兰简单洗漱以后，沉沉睡去，一夜无梦。

4

林霄彻底地从芝兰的生活中失去音信，就像彩虹去了另一边的天空。然而你见不到彩虹并不代表彩虹不存在，它只是从你的视线里转移到了另一个人的视线里。芝兰的生活陷入了墓地一样的安静中，她拖着空荡荡的躯体从一个空间飘到另一个空间。当她置身太阳底下，阳光闪着刺眼的光向她投射过来，她忽然失语，周围人来人往，她却听不到任何的声音。于无限广袤的空间里，芝兰孤零零地站在一片荒地上，杂草丛生，举目无人。无数个夜里，芝兰忽然在黑暗中睁开空洞的眼睛，她仿佛置身于静谧的洞穴，黑夜被无限拉长。芝兰索性坐起，在黑暗中摸索出手机，这是她连接林霄的唯一通道了。她点开林霄的微信，看着再也不会出现带数字的红色圆圈的微信头像，一切好像就在昨天，一切又好像没有发生。

芝兰时常陷入幻觉里，在她生活中从来没有出现过林霄这个人。她又点开他的朋友圈，这一套动作她娴熟得很。朋友圈里有一条更新，是一条抖音视频。都说女人是天生的福尔摩斯，这一点儿在芝兰身上体现得淋漓尽致。她顺着抖音号，一点儿一点儿地挖呀挖，竟然找到了林霄的抖音号。是五月份注册的号，芝兰在好友里没有找到林霄的妻子，看来他们没有互相关注。林霄关注的人不多，除了几个认识的同事，多数是网络女主播。在兴趣爱好这一点儿上，男人们不谋而合。芝兰意外地发现其中一个女主播正在直播，出于女人强烈的第六感，芝兰进入了直播间。林霄果然出现在直播间里。芝兰看着他们的聊天记录。那些他曾经对她说过的话，在屏幕的左下角魔幻般地不时跳出来。芝兰一时产生幻觉，这些话，仿佛是林霄在对着她说的。

蒙在鼓里的人是幸福的，林霄曾经说过他爱他的妻子，也爱别的女人，女人是上帝最可爱的产物。当时芝兰被爱情冲昏了头，想当然地认为那个女人就是她，却不知道女人只是男人口中的一个泛指。男人通过打赏女人来满足雄性的优越感。林霄的妻子，那个林霄口中日渐冷淡的妻子，那个几天不给林霄电话，即便林霄死在外面也不知道的妻子，大概是幸福的。多日来弥漫在芝兰胸口的阴云忽然就被吹散了，原来这就是林霄排除负能量的方式。

　　无数次当芝兰低眉顺眼地说有不开心的事可以跟她倾诉时，电话那端是一片沉默。林霄已经失去分享欲，他的爱意在空中被大风刮得无影无踪，而芝兰还停留在原地。这个世间独不缺自以为是的圣母。芝兰像个影子一样在直播间里沉默着，看着林霄给女主播刷各种礼物。那些暧昧的话像沾了毒的剑一次次刺向芝兰的心脏。芝兰做不到像林霄的妻子一样无动于衷，这个固执又可怜的女人，她做不到。林霄曾经说过他的工资卡都是妻子在管。他一次次地在芝兰面前流露出一副既穷酸又高傲的样子。他没有钱，但是他跟他妻子的共同财产不菲，他们有好几套房产。芝兰给他点外卖，担心酒店里的洗发水跟牙膏用了对身体不好，特地给他备了一份。在他女儿生日的时候精心准备礼物……当你放低姿态与人交往时，你注定永远是跪着的姿态。

　　芝兰每个晚上都会在直播间潜水，只有这样，她才觉得自己跟林霄有了某种联系。尽管这样的联系一次又一次地折磨着她。那个在她面前哭穷的林霄，给女主播刷起礼物来毫不手软。喊女主播"宝宝、我家的宝宝"，心疼女主播熬夜辛苦，劝她早点儿休息，甚至把女主播的父母搬出来，"俩老人家看到自己女儿这样熬夜，定是要心疼得不行……"跟在她面前语气生硬的样子判若两人。

芝兰默默地在心里算着这几天林霄为女主播刷的礼物，心如窗外的夜色般冷下来。原来一个人的倾诉欲不会消失，只会转移。林霄的倾诉欲绵绵不绝地出现在屏幕上，葫芦娃七兄弟、警校、审判员、父亲……一个人的一生中，究竟要对着多少人重复多少相同的话。林霄说我想去海边走走。芝兰想起他们曾经走过的那片海，他带多少人去过，接下来他准备带谁去？海可以引起人们无限的遐想，以及不真实的幻想和错觉。

这几天芝兰听女主播喊哥哥已经听得极其厌烦了，直播间里挤满了大哥，其中包括她的霄哥。霄哥此时正在跟女主播汇报未来几天的行程，极其严谨、认真，就像他工作了一天，晚上坐在灯下做工作总结一样，来不得丝毫马虎。直播间里每天都是欢声笑语，各种 PK，大哥们疯狂地刷着礼物支持自己的宝宝们。男人女人各取所需，没人注意到一直默默不语的芝兰。

这天晚上芝兰早早就洗漱上床了，她知道，通往 S 市酒店之夜的路，她再也抵达不了。直播间是她完成救赎的地方，是圣场。

缅甸北部的"爱情局"

　　黄薇薇给我打来电话的时候，我有一种不祥的预感。果然，她在电话里又哭又笑。我能想象到她仪态尽失的模样，跟平日里高傲冷艳的样子判若两人，疯狂已经占据了她的灵魂。当一个女人为了男人疯狂的时候，她们离末日也就近了。

　　S市的夜晚在十点的时候显得有些阴冷，风吹过，我一个激灵，不禁哆嗦了一下。梧桐树枝光秃秃地支棱在半空中，它们有着极其相似的模样，就像是从同一条流水线上生产出来的。我等不及下一趟公交车，直接拦住了一辆刚刚经过的出租车，天知道黄薇薇能做出什么疯狂的事来。

　　门是虚掩的，一推开就看到一道屏风隔开了卧室。屏风可以隔开别人的目光，从而给房内的人造成有安全感的假象。黄薇薇还是跟以前一样，对任何人都不设防。此时她正拿着手机，大声地说着话。当我们内心空洞的时候就会试图通过提高嗓门的方式来替自己虚张声势，掩饰内心的不安。每一个大声说话的人的心里都住着一个脆弱的、不堪一击的灵魂。

黄薇薇看到我来了，从一片雪白的床单里伸出一只胳膊，示意我过去。她还在大声地说着话，像一个在街头叫卖的小贩。正当我想从床尾绕过去的时候，我看到了黄薇薇的胳膊上有几处烫伤，看似被隐藏得很好，却在慌乱中暴露在外的伤痕。在隐隐的灯光之中，那些内心的伤痕，通过她的手臂，传达给了我。我看到她微信对话框上好多红色的感叹号，原来她一直在跟一个拉黑了她的人发语音，而那个人，无疑是李昊。

空气里弥漫着酒精的味道，那是失意的味道，是落魄的味道，是故事演到高潮即将落幕的味道。酒气从黄薇薇的嘴里喷出来，总有一些人借酒精来麻痹自己，借此逃避令他们不愉悦的现实，然而清醒之后除了一副残破的身躯，一切没有改变，酒只是暂时令他们产生虚幻的错觉。

他说过的，等赚到足够的钱就辞职来 S 市，我们一起生活，生一堆的孩子。他一定是有不得已的苦衷。他说他最迷恋我的眼睛，他说我品位独特……

女人的智商在碰到甜蜜恋情后果然令人担忧。黄薇薇的第一段婚姻并没有给她带来任何实战经验，女人一旦恋爱起来，都是懵懂无知的小姑娘。

也许他跟别人也说过同样的话呢，也许你只是他鱼塘里的其中一条鱼呢。

我尖酸刻薄的话令黄薇薇感到痛苦。她一张脸在黑暗中扭曲着，极为狰狞。果然爱情使人丧失理智。我抓起她的胳膊，上面一个个烫伤的疤痕，它们呈褐色，深浅不一，有新的，有旧的。

这些是什么，爱的勋章吗？那些男人知道你为他们做的一切吗？

男人们在面对深情的女人时表现出来的不是欣喜，相反，是沉甸甸的、不可承受之重，他们往往溜得比兔子还快。他们快速抽离，前往下一个洞穴，留下痴心的女人自我检讨，无尽懊恼。

李昊是黄薇薇在一个婚恋网认识的。那时的黄薇薇刚跟前夫从一场撕扯大战中脱身，疲惫不堪。她把心窗打开，前夫从窗口飘走了，她的心从此又空荡荡的。黄薇薇不缺钱，她经营着一家美容院，有着固定的客源。她缺的是爱，这是她的致命软肋。国内外的旅游景区经常留下黄薇薇落寞的影子，她在朋友圈晒在各个旅游景区的自拍照。

婚恋网为黄薇薇寻找到了一个优质男。某一天，优质男给黄薇薇发了一条验证消息。给黄薇薇发消息的男人有很多，然而只有这个优质男引起了黄薇薇的注意。首先是他的头像，儒雅气派，一看就是一名成功人士。他的留言也很特别：你的眼睛像海洋之心一样深邃忧郁，你一定是个有故事的女人。

就这样，海洋之心击中了黄薇薇的心，她想到了初中时代看的《泰坦尼克号》，她也渴望能拥有杰克与露丝这样至死不渝的爱情。

操控者躲在网络背后，躲在灰蒙蒙的暮色里。从黄薇薇与李昊相遇的那一天起，她就落入了李昊精心编织的网里，李昊的声音里包含了各种东西。他会跟她谈论天气，他在跟她谈论天气的时候，她的心情就会从前夫的雾霾里走出来。她出去旅游的时候就不再感到形单影只。她跟他描绘着沿途的风景、一路的见闻，仿佛他就在身边。她不再是一个人。

李昊的声音从异域传过来，带着她走向未来。

我的城市下雨了，我对你的思念就像这细雨，连绵不断。

清晨灿烂的阳光照在我身上，温暖得就像你依偎在我怀里，又是想你的一天。

……

李昊居住在离 S 市一千多公里的 M 市，他跟黄薇薇说你相信吗，我第一次见你就有种似曾相识的感觉，你跟你前夫分开，恰好是为了迎接我的到来，冥冥中一切皆有定数……

黄薇薇被感动到不行，已经认定了李昊就是那个陪她度过后半生的Mr Right。我不合时宜地给黄薇薇泼了一盆冷水，你见过李昊本人吗？多大的人了还玩网恋，遇到爱情骗子，被骗色骗财倒是轻的，当心被割腰子，你没看到那些新闻吗？

黄薇薇只当我是在嫉妒她，嫉妒就像是毒蛇的信子，让原本无间的两个人产生嫌隙。她在不知不觉中已经被李昊牵制，她对他所说的话深信不疑。她已经认定了我是吃不到葡萄说葡萄酸。在二月十四日那天，李昊给她转了两个红包，一个是520元，一个是1314元。大多数的已婚妇女一辈子都没收到过老公的红包，她们任劳任怨，活得跟头老母牛一样，那些男人不从她们身上蹭奶吃就不错了。

而我，是一个没心没肺的单身女人。看到黄薇薇梅开二度，被爱情滋养得红光满面，我却有一丝不好的预感，你们见过面吗，还是有视频聊天过？

我从来不看好被爱情浇昏头脑的女人，我清醒得如同冰岛，在我这里只有冬天，故事的开头也许美丽，结局难免落入俗套，他们被套到了统一安排的剧本里，只是现实中没有头戴光环的男主来解救她们。我是情感的悲观主义者，况且，智者不入爱河。

黄薇薇冷哼一声，我家昊昊才不会骗我，等他攒够钱了，马上来我这里跟我一起生活，到时候你就等着嫉妒吧！

事实上，李昊拒绝了黄薇薇的视频聊天。怀疑的种子还没生根就被李昊扼杀在摇篮里。像李昊这样的翩翩君子，怎么能容忍误会在他身上产生。李昊的声音从另一个空间传来，那是一个没有生气的空间，李昊说，薇薇，你想听我的故事吗？本来我打算一辈子埋在心里的，那是我心底的一道疤，直到现在一触碰仍会淌血。但是薇薇，我们马上就要成为一家人了，我们之间不应该有秘密。

李昊曾经有过一个恋人，同大多数热恋中的人一样，他们除了睡觉，其余的时间恨不得每分每秒都粘在一起，只有死亡才能将深爱的人分开。爱是一根绳索，无意中会将一对男女越束越紧，直至一方窒息，以某种方式离开。某个落雨的黄昏，李昊忽然发烧，女人担忧不已，离开出租屋。女人奔走在路上，给心爱的人买药。黄昏给世人蒙上了双眼，在细雨中一切都变得朦胧起来。在过十字路口时，女人接到了李昊的视频电话，他们在视频里甜蜜地望着对方。网络缩短了人与人之间的距离，让亲密的人们更加亲密，他们顺着网络的脉搏，享受着彼此的爱意。意外就像一个拐角，它们呈九十度转弯，令人猝不及防。一阵急促的刹车声粉碎了一切。在视频的另一端，李昊看着不断晃动的画面和散落在地上的药物，突然感到手机被甩出很远，很快，屏幕前一片漆黑。等待李昊的，只有女友冰冷的躯体。那是一具破碎的、不再有温度的身躯，曾经她那样柔软地躺在李昊的怀里。这是他一生的痛，永远无法弥补的遗憾……

说到动情处，李昊不禁哽咽。李昊说，薇薇，你会理解我的，对吗？

黄薇薇震惊了，她不知道心爱之人还有这样一段伤心欲绝的过往。她不停地跟李昊道歉，说自己只是太想见他了。同时她在心里又坚定了对李昊的情感。有些女人在谈恋爱的时候总是拎不清，一不留神就扮演了母亲的角色，而男人们成年后最想做的事恰恰是摆脱母亲的束缚。

李昊跟黄薇薇的感情进展突飞猛进。热恋中的人们都会认为自己的爱情是永恒的，是独一无二的。李昊跟黄薇薇说他最近在研究一个投资软件，要是进展顺利的话他很快就可以到 S 市跟她定居。当黄薇薇好奇地问他是什么软件时，李昊却转移了话题。小傻瓜，他说，赚钱的事就交给我好了，以后你只负责花钱。

黄薇薇的嘴角每天都情不自禁地上扬，店里的小姑娘们见了捧着手机春心荡漾的黄薇薇，都忍不住打趣。

一天清晨，黄薇薇意外地没有收到李昊发来的第一条问候，整个上午她都心神不宁，她忍不住给李昊发了信息。一直到中午，李昊才回复了消息。他临时接到公司命令需要出差，然而他在软件上的投资还没有买入。时间紧迫，马上就要开盘了，他把账号跟密码发给了黄薇薇，请求黄薇薇帮他买入。账号跟密码是多么隐秘的一串符号，当它们一起出现时，便有了魔幻的力量，它们将李昊与黄薇薇更紧密地联系在了一起。它们是秘密的代名词，当两个人有了共同的秘密时，命运之神已经将他们拴在一起。李昊彻底打消了黄薇薇的顾虑，你是我的女人，我们还要一起共度余生，还要一起养育孩子，我们还有那么多的路要走。当一个男人将账号与密码托付给一个女人时，便代表了对这个女人极大的认可。他把自己毫无保留地在黄薇薇面前敞开。这份真诚足以令一个女人感动。

第二天账号里就显示资金已到账，竟然比本金翻了一倍多。黄薇薇有些震惊地问李昊这是什么软件，怎么来钱这么容易。李昊贴心地说，亲爱的，赚钱是男人的事。等我们见面了，一切自然揭晓，让我们期待那一天快点儿到来。

人们都在忙碌着，李昊忙碌着对黄薇薇嘘寒问暖，为她构建童话世界。黄薇薇忙碌着跟李昊谈恋爱，幻想着他们以后的生活。当她想到李昊健硕的身材，想到自己依偎在他怀里的场景时，顿时觉得脸颊滚烫，一股异样的感觉传遍全身，她太渴望能快点儿见到李昊了。李昊已经占据了她的所有，卧室、天花板、墙角，甚至厕所里都飘着李昊的影子。当她喝汤时，碗里漂着的不是菜叶，也不是肉末，而是她的好心情。

李昊跟黄薇薇说最近几天他可能不方便联系她，为了日后更好相聚，现在，他要全身心投入投资软件里。生活中每一个人都在忍辱负重。黄薇微认为，幸运之神隐藏在不为人所知的角落里，现在，即将出现，会给她一个大大的惊喜。消失了几天的李昊忽然又联系上了黄薇薇。失去李昊消息的每一天，哦，每一秒都是如此的煎熬，以至于当李昊神秘兮兮地跟她说他们很快就能见面时，黄薇薇差点儿幸福地昏厥过去。

李昊压低了声音说，经过我这几天的研究，我发现了系统的一个漏洞，只要趁管理人员发现之前，我们投钱进去，稳赚不赔，且回报比任何时候都要高。可是我的手上资金有限，本来我也不想跟你说这个事情的，为了我们能早一日相见，亲爱的，你愿意为我们的将来投资吗？

连日来对李昊的思念磨灭了黄薇薇的理智，她已经在幻想中提前进入与李昊的幸福生活之中。一开始她只是试探性地转了五万块钱进去，没想到系统很快显示利润已翻倍。黄薇薇在惴惴中问李昊这样做不会有问题吧，万一被管理员发现后果不堪设想。李昊富有磁性的声音很快地打消了她的顾虑，他说他没法儿独自享受这个秘密，自从有了她，他才发现自己之前的人生是多么苍白，她是他余生的动力，为了她，他甘愿一搏。况且这个APP的管理员是他的表哥，在漏洞被发现前，表哥会第一时间通知他们的。

黄薇薇已经沉浸到一种梦幻里，她游荡在玫瑰色的梦幻里，被强烈的幸福感包围着，又投了二十万进去。眼看着里面的金额越滚越大，她感到又紧张又刺激，简直无法再承受。她提议要不就此打住，将里面的钱提现。这笔钱足够她与李昊在 S 市衣食无忧。然而李昊却不这样认为，有便宜不占白不占。李昊给黄薇薇发了一张炽烈的红玫瑰照片，隔着屏幕，黄薇薇嗅到了花香，哦，还有金钱与荷尔蒙的味道。李昊说，薇，我们要不要趁管理员发现前再赌一把，你手里还有多少积蓄，全都投进去。为了打消黄薇薇的顾虑，他再一次强调，放心吧，我表哥是管理员。

黄薇薇开始动脑筋，她无法拒绝李昊，李昊像一个巨大的磁场将她吸了进去。公司还有一笔采购美白仪的资金，黄薇薇偷偷地挪了出来。她仿佛看到李昊出现在她面前，他们一起吃饭，一起约会、做爱，他们在 S 市幸福地生活着。然而当她把六十多万备用金转入 APP 时，系统忽然显示操作异常。黄薇薇顿时慌了。她的嘴里念叨着怎么会这样，忙不迭地给李昊打去电话。诡异的一幕出现了，李昊的号码不知道什么时候变成了空号。黄薇薇的心就像从崖顶忽然坠入谷底，在见到了最高处的风景后，她忽然陷入一片黑暗。李昊已经将她的微信拉黑。那个前一秒还在构建他们未来蓝图的男人，已如泡沫般消失。黄薇薇坐了一夜，始终没有等来李昊的消息，但是她想到的，不是李昊不爱她，而是夜晚太过短暂。或许，李昊遇到危险了，漏洞被发现，李昊被控制了。

黄薇薇不再又哭又笑，此刻她躲在我怀里，安静得如一只温顺的猫。美容院交不出美白仪的尾款，美白仪被供应商悉数追回。由于无心经营，美容院生意惨淡，好多顾客都被旁边新开的一家店撬走。果然，女人谈一次恋爱就要被剥一次皮。我虽然已经替她报了案，但像这样的网络诈骗案，不知道沉积多少，只能自求多福。

黄薇薇始终不相信是李昊欺骗了她，她相信他定是有不得已的苦衷，当警察过来做笔录时，她甚至央求他们解救她的男朋友。黄薇薇开始酗酒，每次喝醉了就会去酒店开房，她烦躁地在房间里来回走动，寻找她的香烟，然后一次次往自己胳膊上摁猩红的烟屁股。然而无论她再怎么作践自己，李昊都不会再出现。她谈了一场轰轰烈烈的恋爱，从始至终，她都没有见过那个在网络另一端与她谈情说爱的男人。或许他从一开始就不曾真切地存在，只是那些幕后黑手，设计了一个让她赴汤蹈火的"爱情局"，而这个局，是许许多多女人的软肋。

陈清的歌

1

夜色渐浓，路两旁的低矮灌木与高大的树木沿路错落而立，冷清的月光投射下来，路上像是铺满了或浓或淡、或高或低的云。

陈清倚在门框旁，屋内橘黄的灯光将她的影子倒映在门前，拉得细长。那些远远近近的人间灯火，因她此刻的心境，并不显得温馨，反而平添惆怅。陈清不自觉地叹了一口气，那声音轻得只有她自己能听到，然而她是毫无知觉的。三五个纳凉的老妇人各自端了凳子，摇着蒲扇，在门前晒场上。夸张的说笑声传到陈清耳朵里，聒噪得很。陈清只觉得脑袋嗡嗡的，刚好隔壁的狗经过，她愤恨地踹了狗一脚，还不解气，待要再踹一脚，那狗夹着尾巴呜咽着躲开了。

陈清悻悻地转身上楼，脚步沉重，每一步，仿若都踩在自己心窝上似的。余光已经将女儿哄入睡，靠在床头刷着手机，见陈清进来，下意识地往边上腾了一下位置。

空出来的一半位置极具意味，她却毫无兴致，如黑夜中的向日葵，失去向导，低垂着脸，冷冷的，第六天。

陈清每次例假都要七天，从头到尾，完整的七天。

每个月的这七天，都是禁渔期，余光看见自己拿着网，无数的鱼跃出河面，对着他各种挑逗，带点儿嘲弄，他却不能撒网。

七天一过，陈清便找不到理由拒绝余光了。

当余光满足地睡去时，积蓄在陈清眼眶里的滚烫，沸腾了似的涌出来。

陈清与余光是相亲认识的。天要下雨娘要嫁人，瓜果熟了就要落蒂，陈清觉得自己应该结婚时，她遇到了余光。

陈清闪婚后，很快便有了一个女儿。

婚后的生活就像一张网，细细密密，上面挂满鸡零狗碎，陈清成了网中央的猎物，被捆得动弹不得。余光就是那个该死的织网者。他似乎不那么爱陈清，既不浪漫也不懂情调，更没有温情脉脉，就连在床上，也是粗暴地直奔主题。他就是一根木头，不，不，不，木头踢一下还会滚，他就是一块石头，硬得令人生疼的臭石头，沉沉地压在陈清胸口。陈清憋得慌，一个人在楼上时，她会忽然把凳子掀翻，在楼板上砸出一个又一个坑。门啪的一声被重重摔过去之后，又反弹回来，张着大口。陈清砸烂过一个手机，屏幕碎成蜘蛛网。当她第二次想把手机摔出去时，到了半空忽又收回，难以解恨地，随手操起身旁的东西扔得无影无踪。

陈清觉得胸口堵得慌。

我呼吸困难，她对余光说，这种鬼天气，我早晚要被闷死！

你应该去看医生，我不是医生。余光拿了一把刀，霍霍地在磨石上来回抽动，银色的刀面在阳光下闪着异常冷静的光。

墙角放置着锄、耙、斧，被遗忘在旧时光里的器皿，在昏暗的角落里闪着幽冷的光。

余光没有别的爱好，他会在天气晴好的时候坐在家门口，一件件打磨着从老家带回来的工具。

余光的老家在南方某镇，那里的人世代以打铁为生，集镇和一些大的村庄，都有打铁铺存在。余光的父亲是一名打铁匠。在余光还小的时候，他经常看到他父亲在简陋的房间里，光着膀子，在热气腾腾的火炉旁挥汗如雨。父亲一下下挥动着胳膊，将从炉膛里拿出的烧得通红的铁，打造成一件件器皿。店堂口摆满了铁器成品，人们生活中所需要的铲、勺、钩、锄等，在父亲的手里一件件诞生。店堂内有一个大火炉，余光的母亲坐在风箱旁，抽动着风箱，风灌进火炉，炉膛内蹿起火苗，一股热气喷出来。母亲的脸在火苗的映照下闪着红彤彤的光。天下三样苦，打铁、撑船、磨豆腐。即便是在寒冷的冬天，父母也是在火炉边上汗如雨下。余光中的童年就是在父亲打铁声中度过的。

等到余光长大时，打铁行业已经渐渐淡出人们的视线，然而童年里在空气中跳动着红光的熟铁给余光留下了深刻的烙印。他经常在睡梦中回到南方小镇，嗅到空气中熟悉的铁器的味道，这样的味道，让他的内心感到淡定、安心。

陈清看着余光陶醉在他的器皿里，不解恨地在女儿脸上拧了一把，女儿哇的一声，咧着嘴，口水顺着张开的嘴角淌下来。她气急败坏地说，再哭，我就把你嘴巴堵上。

陈清得意地看着余光，挑衅的样子，女儿倒成了她的筹码似的。

女儿被唬得哭得更厉害了，陈清咧着嘴指桑骂槐。

余光皱着眉，阴沉着，只是磨刀的速度更快了。

陈清尖叫着跳起来，磨刀，磨刀，就知道磨刀，难道我在你眼里还不如一把可笑的刀？

霍，霍霍……

余光磨好了刀，又开始打理其他铁器，那是父亲留给他的。顺着这些器皿，他仿佛能一步步走回孩童时那个破陋的南方小镇。

陈清觉得自己遇到了对手，她被余光打败，她将要在余生奋力反击，这是一份事业。

太阳依旧例行公事似的朝出暮落，黑夜里的余光熟门熟路，简单粗暴。

陈清却不乐意，无声地反抗，更多的时候像死鱼一样，任凭余光折腾。

你说，我们像不像一对狗男女？

你就是根木头！陈清失控地尖叫。

余光像是没听见似的，只有阴冷的月光来回答陈清。

陈清失语了，她站在荒原上，草木般以一副不可挽回的姿态颓败下去，满目荒凉，乌云压顶。风吹过，像锯齿锯木条时发出尖锐刺耳的回音。

生活就像梁上悬着的白绫，打了死结，陈清觉得自己已被套牢。她身上的每一个毛孔都张开着，密密麻麻爬满跳蚤，痒痒的，每一只跳蚤都在不甘寂寞地叫嚣。

2

满七是村里的网格员，当他第一次出现在陈清面前时，陈清听到了身体里的细胞嘭嘭嘭膨胀的声音，她的心，像湖中央的涟漪，一圈一圈荡漾开来。

满七微笑着，眼睛里尽是柔柔的涟漪，就连两道浓眉，也带了笑意似的，弯弯的，像是夜空里皎洁的上弦月。满七皮肤白皙，薄薄的嘴唇泛着樱桃红，不笑的时候却又给人冷峻的、放荡不羁的感觉。陈清的眼底仿佛被注入了活的源泉，如枯木逢春，不再是一副死气沉沉、灰扑扑的样子，就像山水画，单调的底色因着某种色调的注入，开始泛起一片生机。

满七时常在村里挨家挨户做一些调查，让村民们签字，或者扫一些二维码，提高反诈骗意识、防火意识等。他给妇女们带来了诸如脸盆、肥皂之类的小礼品。时间一长，俨然成了妇女之友。一来二回的，陈清也不知道什么时候，两个人顺其自然地就加了微信。一开始是公事公办的，满七偶尔会发一些链接，或者小视频，让陈清点进去观看，看完再顺便发一张截图给他。

陈清知道每个村庄的网格员都有这样的任务，她很乐意，甚至有些期待帮这位善解人意的网格员完成任务。

为了表示对陈清的感谢，满七提出来请陈清看电影。在漆黑的电影院里，一对男女，挑了最后一排的位置。外面是炎热的夏天，放映厅里冷气开得很足。屏幕上跳动着时下最受欢迎的男女演员的身影。满七忽然靠过来，他冰凉的手触碰了一下陈清的胳膊，感觉好冷，他说。

坐在他们前面的是一对热恋中的男女，他们无视电影情节，在幽暗的座位上旁若无人地、放肆地拥吻着。满七的手像蛇的信子，轻轻地划过陈清的胳膊。那是危险的，却又充满挑逗的信号。电影结束后，满七带着陈清去了一家环境优雅的茶餐厅，他替她舀汤、夹菜，他温柔体贴的模样让陈清产生了错觉，此刻的他们是一对热恋中的男女，他们才是一对。

在接下来的约会中，满七直接将房间号告诉了陈清。她怀着惴惴的心推开了酒店的门，当她踏入电梯的那一刻，当电梯缓缓升起，当她到达天堂的巅峰，或许地狱在天堂尽头等她。满七在尽头等她。

在满七面前，陈清仿佛变成了一只蝴蝶，扑扇着翅膀，横冲直撞，渴望冲进他的香甜气息的深处。陈清觉得自己就像失去水分的蔬菜，被喷了水，复又蓬勃起来，就像岸上的鱼，濒临死亡时忽然被放回水里，陈清在满七这条河里尽情畅游，每一个毛孔都被浸润得无比饱满。

满七习惯事后抽一支烟，在烟雾的缭绕中，他的神情便模糊起来。

陈清最闻不得烟味，每次余光一抽烟，她就头晕，犯恶心。她沉浸在满七的烟雾里，空气里全是满七的味道，带着香甜。

日光将窗外的树影打在窗帘上，斑驳陆离。太阳像一摊融化了的冰激凌，甜美又柔软。满七将烟头摁灭在床头柜上的烟灰缸里，感到非常满足和闲适。

陈清在狭小的浴室内将衣服一件件捡回，她对着镜子将花了的妆容重新补上，我跟那些女人不一样。她握住满七的手，在他的手背上摩挲着，一如当初满七在电影院里轻轻抚过她的手背。满七已经很久没有带她去看电影了。空气里似有轻微的叹息声。仿佛末日来临，时间已经很紧了，紧得满七每次只够把她带到床上，再也多不出来看电影和吃饭的时间了，这些烦冗的程序一一被略去，满七在床上用尽力气揉搓着陈清，他一心一意地做着同一件事情。

满七习惯事后在陈清身上趴一会儿，简单洗漱后，他靠在床沿，重新点燃一支烟，火光跳跃，烟头猩红。灰白的烟灰失去了筋骨，被慢慢抖落在地上，散落一地。

当一个人饥饿时，只想着如何果腹，一旦温饱后，别的欲望又蠢蠢欲动，活着就像一个无底洞，痛苦始终伴随左右。

生活就像一潭泥淖，一脚陷进去，不至于淹没，终觉吃力，且这斑斑驳驳的泥印，让人懊恼。

陈清的心底里有无数个虫子在啃噬，日夜不停。她跟余光说的话越来越少，多说一句都要耗费不少力气。就像她闺蜜说的，她跟余光的婚姻就像鸡同鸭被强行放在一起圈养。他们是两个世界的人。然而这世间，最不缺的就是貌合神离的夫妻。

陈清最近头晕得很，蹲下去再站起来，眼前昏黑一片，仿佛被人敲了一记闷棍，灵魂飞散。

某个聒噪的午后，知了在屋外的树上不知疲倦地叫着，阳光甜腻地照着大地，到处都是白晃晃的一片，仿佛火种，一点就会炸裂。陈清的头疾又犯了，她看着不远处摩挲着铁器的余光，试图找出破绽。

我头疼得厉害，你的眼里只有这些破铜烂铁！

呼吸越来越急促，陈清扯着衣领，想要把心脏扯出来，两只脚像溺水一样乱蹬。她只记得她翻着白眼像烂泥一样顺着凳子滑下去时，整个世界都颠倒了过来。

陈清怀孕了。

余光拎了一把镰刀出门，一脚将磨石踹于一旁，一脸肃杀。

陈清被吓坏了，她紧跟着出去，余光你发什么疯呢！

太阳底下，村庄之内，一个男人，拎了一把刀，从村头走到村尾，又从村尾折回村头，杀气腾腾。一个女人，狼狈地追着男人，她扯住男人的衣角，继而整个人扑过去，抱住他大腿。

时值正午，马路上冒着烟，半个人影也没有，一条狗吐着舌头，夹着尾巴呜咽着逃窜。拎刀的男人，气势汹汹，太阳像个笑话扣在脑门，说，在哪里，在哪里……

陈清扑通一声跪在阳光脚下，炽烈的阳光给予了她能量，她抬起头，目光坚定。

余光，我们不合适，你知道的。

陈清像阴谋家，酝酿了这么久，终于艰难地吐出了哽在喉咙的话，她等这一天很久了。仿佛余光这样一闹，她柔软的腰板便直了，心里的愧疚感少了。

余光提着刀，阴冷地笑道，你告诉我，怎样才算合适，你告诉我！等我找到他，一块儿收拾你们！

陈清心事重重，太阳就像一个巨大的蒸锅，她瘫软其中，大汗淋漓。陈清借口身体不适，借着养病的缘由，已一月多余不让余光碰她。她想起了满七。

余光一手拎着刀，一手将陈清扛在肩上，货物一样把陈清扛回了家。阳光将他的影子，重重地烙在陈清的心里。

以后的每一个漆黑的夜里，陈清总能听到房间里传来铁器碰撞的声音，带着杀气，一下下切割着陈清的神经。月光透过厨房的窗口，薄纱一样泻进来，带着某种不可告人的秘密。余光蹲在角落，全神贯注地打磨着手里的铁器，磨石在月光下泛着清冷的光。霍霍霍……如镜般的切面冷森森地映出一张苍白惶恐的脸。余光无数次地幻想着将手中的刀刺穿素未谋面的第三者，一下下，剥皮抽筋，饮血食肉。余光笑了，好像真的手刃了第三者一样。笑着笑着，眼泪就流出来了。

陈清听到厨房里传来狼一样的低吼声，低沉压抑。陈清成夜地失眠。

某个深夜，当她困倦至极、昏然欲睡时，猛然发现床头立着一个人，整个人隐于黑暗之中，手中提着的银白刀面闪着瘆人的光。陈清毛骨悚然，睡意全无。空调打出来的冷气一丝丝穿透她每一个毛孔。黑影站了一会儿，转身离开。

陈清决定去找满七。

满七已经很少来她所在的片区了，偶尔过来，也是跟另一个网格员一起，那是一个年轻的女人。陈清找不到机会跟他说话。

陈清在电话里低声哀求满七。满七的语调已经听不出任何声音，他说，我不是万能的。然而作为一名有修养的男人，抑或是为了自己的事业，他答应见这可怜的女人一面。

满七瞅了一眼陈清的肚子，他们之间像隔了一层屏障，他收回了对她的目光。他猛吸一口烟，吐出一圈烟雾，陈清，你有点儿不守规则……

满七的脸像一张扑克牌，看不出任何感情。

所以呢，陈清像看迷宫一样看着满七，你要亲手杀掉自己的孩子？

满七顿时炸裂了，他狠狠地将扔在地上的烟蒂碾碎，然后琢磨着陈清的话，你不会告诉我，这是我的吧？

陈清将头埋在双腿间，无声地抽泣。满七的话比余光终年放置在角落的铁器还要冰冷。

满七烦躁地抽出一支烟，他感觉到了陈清的某种异样，这个固执的女人，蛇一样冰凉却又黏湿。

陈清，你听我的，先去做掉，毕竟这个孩子出现得不合时宜。

满七叼着烟，两道眉毛一耸一耸的，他半眯着眼睛，居高临下地审视着陈清，眉毛顺势耷拉下去，倒是有点儿像下弦月了。

陈清被满七的烟呛得直流眼泪，她立于厚重的窗帘后，鬼魅般，半天没有动弹，她祈求地看着满七，满七你是开玩笑的，你是爱我的对吧？

满七忽然奋力扯开窗帘，你看看马路上一对对奔走的男男女女，你能猜透他们之间的关系吗？陈清你能不能真实一点儿，何必弄得自己头破血流。

阳光刺进房间，陈清被一道道剑似的光线刺得睁不开眼睛。

满七消失了。

陈清有时候会恍惚，好像生活中从来不曾有过这样一个男人。那满大街奔走的，都不是满七，又都是满七。

3

余光像是钟情于某种武功秘籍一样迷恋着他的器皿，他不再碰陈清。

某个深夜，陈清忽然惊醒，身边空荡荡的，好像从一开始就不曾有人睡在她旁边。黑夜像一张巨大的网，笼罩着整个房间，将它的阴影投射到陈清心里。整个世界静谧得仿佛只剩单一的心跳声。

厨房里没有器皿碰撞的声音。

陈清站在窗前望出去，天地像被泼了墨，找不到交界点。陈清不敢出去，她拨通了余光的号码，手机铃声响起时，陈清瘫软在床上，手机哐当一声掉到地上。

余光没带手机。

天灰蒙蒙亮时，余光像个机器人一样，机械地挪动着脚步，面无表情地走到床边，扑棱一下，直挺挺躺下。陈清紧绷着的弦忽然就断了。

余光是忽然坐起来的，余光走路的姿势很奇怪，轻飘飘的，像是在飘，他像是飘进了厨房，那姿态，就像摸自己女人一样轻车熟路。一道寒光闪过陈清的瞳孔，陈清倒吸一口凉气。余光拎起菜刀，朝陈清走来。陈清整个人僵住，眼见着余光一步步逼近，脚下竟像长了须根，无法挪动。陈清闭上了眼睛，眼角有湿润物浸出。余光就像没有看见陈清一样，突然飘移过来，挟带着一股诡异的风。

这是一个没有头脑，又带点儿悲伤的夜晚。陈清看到余光拎刀出门。拎着刀的余光从村东飘到村西，又从村西游荡到村东。余光变成了猎人。变成猎人的余光找不到猎物，幽灵一样在空荡荡的村里飘来飘去，拎着一把杀气腾腾的刀。月亮像是与他达成了某种共识，阴沉着脸躲进惨淡的云层……

东方泛起蛋壳般的青灰色时，余光回来了，他像木偶一样将菜刀放回厨房，哐当一声，金属的撞击声重重地砸在了陈清心上。

我们重新开始好吗？某个凌晨，当余光再一次飘回到床上，背对着他的陈清忽然开口说话了，

我的身体里长了大片的棉花，我胸口被成熟的棉花占领，成片成片的，呼吸困难……

余光倒头就睡。

陈清成了空气，空气里飘浮着的颗粒，余光看不到她。余光只钟情于刀。

陈清睁着眼睛，曙光还未挣脱黎明的束缚，她的眸子在灰黑的空气里闪着某种不可告人的光。她先是小心翼翼地碰了一下余光的身体，没有反应。余光睡得就像一具尸体。陈清摸索着，抱住余光，她滚烫的泪落在余光的背上。

陈清躲在卫生间，不停用水泼自己的脸，继而将整张脸浸入水中。

一抬头，被镜子里的女人吓了一跳，这个脸色苍白、面目可憎的女人是谁？看这狰狞的皱纹，看这扭曲的面容，她尖叫着把镜子砸了。哐当，哗啦，满地的碎片，映出无数个陈清的脸。刚结婚时的娇羞，初为人母时的慌乱，对生活绝望时的尖叫，想要挽回时的无助。

陈清颓然倒地。

余光睡得很安静、笃定，像初生的婴儿，露出满足的笑。在梦里，他提刀上马，所向披靡。

<h2 style="text-align:center">4</h2>

做 B 超、心电图，化验血、签协议、复印身份证。在推进手术室之后，有一名护士过来给陈清打针。她的双腿被架在手术台上，迷迷糊糊中她看到医生用了一根很粗的针管在滴什么东西，意识很快模糊。等陈清再次苏醒过来的时候她的身体已经空了。空了的身体需要用另一种形式填满。余光带着女儿走进了病房。当女儿花瓣般的脸蹭过她的脸颊时，陈清知道，她空荡荡的躯体，终有一日会再度被填满。

房间里的铁器不见了，角落不再弥漫着铁锈的味道。余光说，我将它们都收起来了。

余光带着陈清回到了南方小镇，曾经充斥着打铁声的小乡镇，现在已经看不到半点儿打铁铺的踪影。那是一座依山傍水的小城镇，有浓郁的树林、清澈见底的溪流，空气清新。

推开蒙了灰的木门，在"吱呀"声中，陈清渐渐看清了房间的布局。铁匠炉、风箱，手锤……它们全都静静地堆放在角落。

在熟铁还没有被打磨成工具时，它们只是一堆冰冷的铁。因为有了温度，它们才得以被制造成各种器皿。

现在，余光面对着这间小小的、从小在这里长大的房子，熟悉温润的感觉涌上来，包裹着他，他对着陈清说，请让我们回到最初的地方。

茶室里的女人

1

当李立峰回到北京的时候，张黎就知道这个男人即将不再属于她了。李立峰就像一条鱼从张黎手中溜走了，很长一段时间，张黎都有一种错觉，在她的生活中，不曾出现过这样一个男人。她必须努力地在脑海中搜索，才能一点儿一点儿拼回他们在一起的点点滴滴。那些画面，像幻灯片般一张张在她脑海里循环播放。因为不可倒逆，显得尤为不真实。在一个四面雪白的房间里，李立峰一手搭着她的腰，一手握住她的手，两只缠绕的手指，向着空气伸出去。房间里回荡着经典的老情歌，她被李立峰牵引着，迈着笨拙的步伐，四肢僵硬，在小房间里极为别扭地旋转着。她见过李立峰的舞姿，这是一个妖娆的男子，他独特的气质在百转千回的舞步里展现得淋漓尽致，他步伐曼妙而又缠绵，舞姿柔媚，浑身散发着性感与热情。这让张黎很羞愧。她在李立峰的怀里，被他拖着，旋转着，雪白的墙让人有些晕眩。像他这样优秀的男人，张黎搂着他，就像搂着一个梦、一个泡泡，生怕一不小心梦就要醒来，泡泡就要幻灭。李立峰就像北方的雪一样不真实。直到后来，李立峰回了北京，张黎也没有学会跳舞。

张黎依然留在南方。她在一家花茶店当导购员，花茶店坐落在当地一个旅游文化景区，每天都有无数的外国游客慕名而来。张黎每天的工作除了接待游客，就是给各种花茶做手工包装。不同品种的花茶被张黎按功效搭配好后，再独立包装成一小袋，用塑封机压缩好，最后放进一个手工裁制的牛皮纸袋里，将封口包扎好。袋子泛着黄褐色的光，透着古朴的味道，就像这个隐匿在繁华都市的古朴小镇，令人眼前一亮。货柜上被张黎铺满了货，推开花茶店的玻璃门，仿佛进入另一个旧时空。另一面靠墙的货柜，陈列着玻璃茶具、景德镇紫砂壶、各种手工陶制的瓷杯，杯面上是不同的手工画，有山水图、仕女图，还有各种造型不同的人体画像。中国是瓷器的故乡，有青瓷、黑瓷、白瓷……张黎对瓷器不是很了解，她的英语水平也十分有限，但是她知道游客对中国古老物件都非常感兴趣，每次只要她跟游客说店里的茶叶、茶具全是"handmade""made in china"，游客们便露出向往的神情，欣然掏出了钱包。

张黎身上有一种与生俱来的古典美，身段柔软，笑起来的时候两只眼睛像蓄满水的弯月亮，随时都能溢出来。穿着旗袍的张黎是花茶店里的另一道风景线。空闲的时候张黎便坐在茶桌前，洗净双手、器皿，虔诚地泡上一壶花茶。花茶是必不可少的，花茶与其他的茶不同，须得用玻璃壶泡。茉莉花珠在水中吸足了水，渐渐下沉，忽地舒展开来，在水中妖娆地旋转舞动。花茶优美的姿态透过玻璃壶圆弧的形态被放大，它在水里毫无保留地向游客展示着自己孤独又绝美的姿态，张黎想到了李立峰。

已经有些许日子没有李立峰的消息了。李立峰已经从她的生活中越走越远。就像两个本来交织在一起跳舞的男女，随着舞姿与音乐的变化，忽然分开，进到下一段舞蹈，而推开他们的，恰恰是生活这个大舞台。李立峰住在北京的地下室，彼时他是一个穷困潦倒的诗人、怀才不遇的诗人，无人欣赏他的诗。在潮湿的地下室，凌乱的草稿随意铺开，啤酒瓶横亘在房子中央。李立峰的头发越蓄越长，满怀心事的胡子从嘴角每一个毛孔里钻出来。李立峰越来越像一个颓废的诗人。不写诗的时候，他就在地下室放一首首老情歌，他把手伸出去，仿佛对面有一个无形的舞伴。在他落魄的时候只有舞曲陪着他，他一遍又一遍地在逼仄的地下室旋转，深情而又专注。在无数个日日夜夜里，不至于荒凉寂寥。在这个世界上如果还有一个人懂他，无条件支持他的，恐怕只有张黎了。每个月的十五号是李立峰对张黎最深情流露的一天。那一天，张黎的工资会通过银行柜台转入到北京落魄诗人李立峰的账号里。李立峰在电话里深情地给张黎唱着情歌。他低沉的充满磁性的声音通过声波传送到电话的另一端。他用歌声堵住了张黎所有想说出的话。

　　别出声，他说。

　　他一遍又一遍地给张黎唱着情歌。张黎是李立峰灵感的源泉，是他所有诗篇里的女主角，就像真理不可撼动。

2

　　张黎还是学生时，负责学校某一片区的招生事宜。在那个南方小镇她遇到了李立峰。李立峰的家，就在张黎租的临时办公室的对面。张黎偶尔会看到李立峰，这个有着忧郁气质的特殊男人，张黎总是忍不住会多看他几眼，她感受到了身体里的某种幻想。很多时候李立峰就坐在家门口的台阶上，他穿着白衬衫，修长的腿随意地垂在台阶上，风将他手中青蓝色的烟吹出去很远。没有人员咨询的时候，张黎就站在阳台上，两条横幅恰到好处地挡住了她。她站在横幅后面，透过间隙，看着对面干净的男子。他抽烟的样子，让张黎有种下坠的感觉，她感觉到自己在坠落。

一个湿漉漉的晚上，张黎接到了一个陌生的号码。屏幕随着音乐的节奏一闪一闪的，她心里忽然有异样的感觉，这不是一个普通考生的咨询电话，就像等这一天等了很久一样，她知道是他。在那个弥漫着雾气的傍晚，李立峰来到了张黎的办公室。他手里握着一杯奶茶，立在门口，好巧呀，我多买了一杯，你要喝吗？人们沉溺于创造偶然的机遇。雪白的墙面印着一男一女的影子。他问她会跳舞吗，他给她放软糯又多情的老情歌，在歌声中他翩翩起舞，像一只优雅的蝴蝶，在空气中旋转着。他绅士地朝她伸出手。她赶紧拒绝，示意自己不会跳舞。他身体里似乎有某种磁力，她一边拒绝一边又情不自禁地伸出了手。张黎的脚就像打结了的绳，胡乱地挪动着，毫无章法，又像饮酒过度的醉汉，两只脚不听使唤地交叉向前踩着。李立峰被她的脚绊了一下。然而他温柔又极具耐心地引导着她继续跳。他的口腔里有极好闻的淡淡烟草味，令她浮想联翩。她为自己的想法感到羞愧。

李立峰带张黎去爬当地有名的长城，这是南方的小长城。不同于北方长城的雄伟壮观，这座长城显得秀丽幽静。长城两边是繁茂的植被，每隔一段台阶，都有一两条石板搭起供游客歇脚的石凳。李立峰迈着大步，与张黎一前一后，长城上有不少用于勘察与攻守的房子，李立峰躲在暗处，他在和张黎玩捉迷藏。当张黎靠近时，他会忽然跳出来，大喝一声。每一个男人心中都藏着一个男孩子。这个男孩子平时看不见，只有在心爱的人面前才毫不设防地跑出来。黄昏的长城上有很多散步的人，灯光昏暗，人们在橙色的光线里若隐若现，难以辨认。李立峰还是一下子就接收到了张黎的气息。走得累了，他们在一处石凳停下。张黎并膝而坐，李立峰像个孩子似的躺在她腿上。满天繁星落入这个男人的眼里。李立峰眼里有光，有不甘于现状的光。那个晚上他们从长城的一头走到另一头。仿佛从人生的起点走到了终点。李立峰没有回去。两具年轻的躯体在黑暗中探索着，他们把触须伸到了彼此未知的区域。当她离开了这个男人的身体时，她心里充满了一种说不出的哀伤，那是一种到达巅峰后忽然跌落的失落感。就像开到荼蘼的蔷薇，遏制不住地颓败下去。她的身旁，躺着熟睡的男人，这个睡梦中的男人时而蹙眉，时而呓语，时而又嘴角上扬。躺在张黎身边的男人，一下近了，一下又远了。

张黎在结束招生之后，李立峰也决定去北京了，南方已经盛不下他的梦想。南方虽然秀丽，到底有点儿小家子气。那个时候还不流行微信，手机里也没有QQ，他们之间联系全靠电话与简讯。张黎一有空就给李立峰打电话，她的分享欲就像水里的水草，肆意疯长。只是去了北方后的李立峰忽然像变了一个人似的，他似乎变成了真正意义上的诗人，寡言冷静。他的电话很少，甚至有一次他超过三天没有打电话给张黎。简讯也是有一搭没一搭地回着，语气时而冷静时而炽烈。张黎想，这就是诗人啊，诗人总归是与常人不同的。张黎太热情了，她灼热的气息隔着声波喷到李立峰脸上，这是危险的信号，一下子就把李立峰推出去很远。没有人喜欢迷失自我的人。她让李立峰感到窒息，他的命门被扼住，没有男人喜欢被束缚。他们从来不属于任何一个女人，抑或他们属于任何一个女人，而女人不一样，她已经把自己变成了他身体里的一部分，她幻想着在他的身体里扎根生长，成为他不朽的诗章。她试图捆绑他。从前让他眼前一亮的女人消失了，他厌倦了那串号码，那个声音，就像厌倦了地下室潮湿发霉的气味，附近早餐店日复一日的油条包子。他失去了食欲，失去了对生活的某种欲望。他的目光穿过张黎，望向远方，那里有他的诗和远方，也有他的另一个王朝。他怎么可能会被女人束缚住。然而他又离不开张黎，只有在她那里，他才能感受到王一样的待遇，只有张黎才能让他产生男性才有的优越感，他享受着这样的优越感。一直到张黎毕业。

张黎没有找到对口的工作。她去了一个景区的花茶店当导购员。在这个外国游客居多的景区，她的专业不至于完全废掉。她把她所有工资都用来资助李立峰，她的男人。尽管他喜怒无常，并且经常失踪。他越来越像一个不可捉摸的诗人。但是他们拥有很多回忆。她还是他诗篇里的女王。

张黎的老板是一个叫渡边的日本人。虽然他长期定居中国，但是他骨子里延续了日本人严谨的工作态度，他的服务意识很强，把每一天都安排得井井有条，并且他连张黎的工作表都安排好了。渡边老板最善于钻研某种比赛。当他的目光飘向店里的某处时，张黎就知道又有一项比赛项目产生了。他们比赛过粘盒子，包花茶，擦拭柜面。每个人都渴望赢得比赛。但是渡边老板，每次输了都喜形于色。有时候我们输了，却已经赢了，而赢的时候实际已经输了。张黎就像了解她身体的每一个细节一样了解她的老板。

小诺是在某个午后出现在花茶店的，她是张黎的校友兼室友。她们并没有在同一个被窝里分享过秘密，也没有在某个喝醉酒的深夜相互抱头痛哭过，就只是普通朋友，或许连朋友也谈不上，就像我们生活中的大多数，仅限于见面时说几句"吃了没？""吃了。"但是在这个南方小镇，她是张黎唯一的老乡，老乡因此被赋予神圣的意义，她们的关系因老乡更近了一步。张黎相信每一个出现在自己生命中的人，都不是无缘无故的，因果循环，她们必定有过某种宿命的纠葛。小诺说我要回老家了。她在老家找了一个男朋友，确切地说应该是老公了。小诺说我要把完整的自己交付给他。这个世界，真理总是跟荒诞同在。小诺说我需要一笔钱，医生说了修复率还是很高的。但是张黎也穷啊，张黎跟她说明了自己的情况，最后是来自老乡的关怀，或者是一种绑架，张黎借给她两百块。也许说投资更为确切，这是为小诺未来的幸福生活而投资。张黎想不到有一日，她手里会握住另一个女人幸福生活的命门。小诺有些失落，这些钱远远不够，但是作为回报，她忽然故作神秘地贴近了张黎的耳畔，她灼热的气息喷在张黎的耳朵上，痒痒的。她告诉张黎李立峰跟她好过，就在李立峰来南方小镇看望张黎的时候，诗人们是如此多情而又博爱。在张黎去上课的时候，在寝室里，李立峰握住了小诺的手，歌声柔美，舞姿曼妙。这是一段只有李立峰与小诺才知道的秘密。现在，它破土而出，在张黎耳畔炸裂。为了证明自己没有说谎，小诺又说，李立峰右边臀部有一颗痣。

　　渡边老板出现在店门口的时候张黎还没缓过劲儿来，小诺不知道什么时候已经离去了。她脸色苍白得如浸泡过度的茶叶，肿胀发白。渡边对张黎的工作状态很不满意，他提议跟张黎来一场比赛。张黎忽然醒过来似的冲出茶叶店，又猝不及防地折回来，她要拿手机。她跟渡边说，我要请假，我必须得请假，立刻，马上。她不再是那个温顺的南方姑娘，在赛场上不再战无不胜。然而她绝望地发现手机跟着钱包一起不见了。一连串发生的事情让她有点儿摸不着北，生活充满了拐角，总在出其不意的时候，摔得你头昏眼花。最后是她充满了人情味的老板借了她十元钱。渡边用十分同情的目光看着这个失魂落魄的女人，告诉她，她已经被解雇了，工资晚一点儿结给她。李立峰的手机关机了。已经搬离地下室的诗人李立峰，不知道从什么时候起经常关机。她又打到他的公司，李立峰最近找了一份在文化传媒公司做策划的工作。接电话的人不是李立峰。张黎说我要找李立峰。事实上只是过了一小会，但是对张黎来说等待如同一只蜗牛攀爬在漫无边际的天地里，她望不到头，时间对于焦急等待的人来说被无限拉长。张黎说我要去北京。李立峰依旧唱着情歌，他似乎有唱不完的情歌。可以从天黑唱到天亮，从一个女人身上唱到另一个女人身上。李立峰再一次用歌声堵住了张黎的嘴。歌声夏然而止，李立峰忽然厉声质问，你有钱吗？你拿什么在北京生活？张黎说，我可以跟你一起挤地下室。李立峰说，我已经搬家了，现在我住在公司。当意识到自己语气过于尖锐时，李立峰松弛了下来，说，欠你的钱我会还你。

3

当出版社编辑栗娜出现在李立峰面前，新生活像明晃晃的太阳在李立峰面前铺开。光打在哪里，哪里就是一片五彩斑斓。生活中很多新的局面需要用钱去打开，编辑栗娜深谙此道。他们相识于一个诗歌群。作为一名抑郁不得志的诗人，李立峰经常在群里发豆腐块，这里有一群志向相同的人，他们渴望在相互切磋中到达诗歌的顶峰。

栗娜从群里走了出来，她对李立峰说，你需要一个伯乐。栗娜像一个精通乐器的乐师，将李立峰这架已然快要变音的乐器调试配音，重新发出振聋发聩的乐章。栗娜给李立峰带来了新鲜的感觉，仿佛一扇被堵死的门重新被打开了。她说，你是天生的诗人，是未经修整的荒原。现在，请交由我来打理，届时，这里将繁花似锦，硕果累累。

栗娜说，机会就在眼前了，能不能把握就看你自己，机遇转瞬即逝。

诗人李立峰心事重重，终日郁郁不得志。在与张黎短暂的通话里，他已经失去了唱情歌的动力。太阳落入云层，他完美地避开了光。

张黎感受到了李立峰的心不在焉，颓废的气息通过电波，从遥远的北方传来。南方的长城之夜，变成了张黎一个人的回忆。

愚蠢的女人才会将情爱挂在嘴边。李立峰的老情歌变成了一把把无形利刃。张黎看不到李立峰的表情，他的脸隐匿到了北方浓重的雾气里。

李立峰的舞姿调转了方向，现在，他对着出版社编辑栗娜，迈出优雅的步伐，依然是熟悉的曲调。

栗娜与张黎不同，她的舞步与李立峰相得益彰，他们配合得天衣无缝，他们在一曲又一曲的情歌里旋转、沉沦。

是时候了，栗娜将一份合同摊在李立峰面前。栗娜建议李立峰自费出版诗集，让更多人拜读到这个被埋没的伟大诗人的篇章。

到时候诗集大卖，你不仅收获了金钱，还有名气，你还在犹豫什么？

李立峰低沉的声音在耳畔响起，这个性格多变的北漂落魄诗人，正在跟张黎描绘一幅诗歌的王朝，末了，他说，只有你能帮我。

张黎显得冷静很多，她说，我们可以脚踏实地，一步一步来。

不，李立峰说，机会转瞬即逝，机会就像指间流过的水，它们只会越来越少。我要是混不出个人样来，我就在你面前消失！

张黎将最后一笔款打给李立峰后，再也接不到他的电话。他的情歌跟他的舞姿一起从张黎的生活中消失了。张黎试着给他工作的地方打过几次电话，李立峰拒而不接，他已经做好了在北方做个博爱大诗人的准备。终有一日他会成名，他怎么会被南方的一个女人绊住脚步。他已经从她的生活中彻底退出。

南方的梧桐叶开始飘落时，李立峰成功地出版了他的第一本诗集。诗集并没有预料中的大卖，栗娜在收了出版费用后，只留给李立峰一堆书籍。书籍的封面，李立峰几个字小得如无意间停落的苍蝇。栗娜说，新人忌讳将自己的名字弄得很招摇，我们欣赏的是诗！现在，恭喜你，你终于成为一名真正的诗人！

书籍潮湿的味道再一次充斥着李立峰的鼻腔，他已经从公司搬离，在堆满酒瓶的地下室，他望着那一堆灰蒙蒙的书籍，意识到自己该回家了。他想来一首老情歌，让自己再舞一曲，然而音响已经发不出声，它不知道什么时候已经哑了，它的某个零件锈在北方阴冷的地下室里。就像李立峰始终随着北漂的人群沉浮，他的诗集反响平平，除了一开始送出去的几本，几乎全砸自己手里了。

栗娜忙着出版新的书籍，她对李立峰说的最后一句话是，天才大多是在去世后才出名，被世人所接受，这个世界就是如此荒诞！

张黎回了老家，找了一份寻常的工作，没多久她就接受了一个男人的追求。男人自己开了一家酒水批发部。他们的生活里没有诗与舞步，只有一箱箱酒水与饮料的碰撞。男人会做一手好菜。这样的生活，安稳而又妥帖，她再也没有迈过舞步，她笃信自己的生活中不需要虚无缥缈的情歌。

在某一个喝醉了的黄昏，空气里都是微醺的味道，男人满脸通红，他说，黎，我第一次见你，是在南方的小长城上。

张黎的孩子开始咿呀学语的时候，一次偶然的机会，她碰到了小诺。

小诺已经离婚，她愤愤不平地跟张黎说骗人的，都是骗人的。她跟丈夫同房的那一晚床上并没有如愿地落红。小诺怀着心事在床上找了半天，灯光打在她高高崛起的臀部上，这满是心事的臀部从此让她的丈夫失去了兴趣，跟着她的主人跌入冷宫。怀疑的种子一旦发芽，蔓延的速度如同病毒。

张黎还得知李立峰也回了老家，诗人李立峰，带着他的一堆书籍返乡了，这是他这些年在北方沉甸甸的收获！由于书籍实在太过沉重，他只带回了一部分，剩下的，也许会被下一任租客当废弃物卖掉，抑或用来垫在屁股下当凳子。李立峰在当地某单位当临时工，他有一个正在谈恋爱的女朋友，已经怀孕了。跟小诺分开的时候，张黎忽然就笑了，曾经在她心中诗一样的男人，到底也逃不脱生活的屎尿屁。那一双用来跳舞写诗的手，也许过不了多久就要调奶粉、换尿片了。她能想象得出，李立峰即将要面临的生活。出于一种好奇，她找到了李立峰的号码并添加了他的微信。没有过多询问，李立峰很快地通过了验证。她迫不及待地翻看了他的朋友圈，好奇心犹如深渊，然而女人们喜欢围绕着深渊，让自己平淡的生活变得惊心动魄。他的朋友圈清淡得很，不是转发公众号的工作简讯就是平时在各种河边钓鱼。他生活中一点儿诗与舞蹈的影子都看不到，倒是充斥着不少形态、大小迥异的鱼。也许，钓鱼比写诗容易多了。张黎一发不可收，她迫不及待地想了解，李立峰消失的这几年的状况，她继续往下翻，终于，她看到了他的一张生活照，她差一点儿就没有认出来。这个发福的男人，还是以前那个玉树临风的少年？她怀疑她生活中从来就不曾出现过这样一个人。她的心在经历了短暂揪紧后忽然就释怀了，多少人固执地将自己的生活卡在年少时的执着里。往事急速倒退，青丝泛白。这一刻，李立峰不再是她心中的秘密，他像一片云从张黎胸口飘走了。

寻

　　沈小枝站在樟树下，手里拿着一叠单子，单子被风吹得哗啦啦响。墙角、电线杆、树干，但凡能贴的，都被沈小枝贴满了单子。沈小枝贴得很认真，一丝不苟，神情肃穆。电线杆、墙角贴满了花花绿绿的小广告，狗皮膏药似的，有酒店高薪招聘服务员的、治淋病梅毒的、无痛人流的，还有通马桶下水道、上门开锁的。这些小广告隐晦地、欲拒还迎地，想让人们看见又一副遮遮掩掩、羞答答的模样。倒叫站在旁边的人不好意思起来，仿佛跟他们有了某些瓜葛。沈小枝印的单子是黄色的，颜色鲜亮，分辨度高。你看马路上那些中小学生，头上戴的不都是小黄帽？它们多醒目啊，老远就能瞧见。沈小枝一路贴过去，她走过一个地方，那个地方就留下三五个人，他们动作一致，仿佛被一根无形的绳子拴着脖子，后脑瓜子齐刷刷地对着路人。短暂的沉寂过后是一阵骚动，就像憋了一泡尿，整个人紧绷着，忽然释放出来，随即松懈下来，如一团发酵的面粉般松垮下来。人群开始骚动，脖子上的脑袋们失去依托，耷拉着，晃动着，无精打采。到处都是令人痛心的黄色，这些黄色的单子像冬日里稀薄的阳光，抵挡不住寒意。

沈小枝被风吹起的沙尘迷了眼，她下意识地举起手揉搓着双眼。夹在她腋下的单子顿时如脱了缰的野马，欢快地撒起泼来。马路上到处是被风吹散的阳光，它们跟着风，横冲乱撞。啪的一声，一张单子飞到一辆行驶中车辆的挡风玻璃上。一个大头娃娃，瞪着一双无辜的眼睛，与车内人对视。司机一个急刹车，来不及咒骂，大头娃娃又飞到了路边的草丛。一个路过的学生模样的人将它捡了起来，念道：

赵囡囡，女婴，四个月大。右侧太阳穴有一块褐色胎记。于2016年8月18日夜丢失，丢失时身穿大红色肚兜，白色开裆裤……

学生模样的人没有念完，就将单子扔回地上。风很快将它吹出去老远。

1

沈小枝看见赵小东站在马路对面，他的背后是一棵上了年岁的老樟树，分叉的枝干向着天空舒展开来，如一顶硕大的遮阳伞。太阳将伞的影子扑倒在地面，形成一个巨大的阴影。赵小东站在阴影里，沈小枝看不清他的表情。赵小东长时间地定格在老樟树下，他穿着一件灰色的圆领T恤、黑色短裤，整个人灰扑扑的，以至于让过往的路人形成一种错觉，赵小东就是樟树，樟树就是赵小东。人们要是再留心一点儿，就会发现赵小东阴着一张脸，深沉得就像身后的樟树，他的目光始终落在沈小枝身上。沈小枝忽然就心虚了，仿佛做了见不得人的事。她匆匆挂了电话，几步跑到赵小东面前。

是父亲的电话，沈小枝伸出手想挽住赵小东的胳膊。却不想赵小东猛地甩开她的手，并不说话。赵小东用怀疑的目光审视着沈小枝。赵小

165

东的眼睛变成了探测仪，直抵沈小枝心脏，仿佛这样就能洞穿她的内心。

跟父亲讲电话有那么开心？你知不知道你笑得就像一个荡妇！

沈小枝的手悬在半空，僵硬得如分叉出去的枝干。

你看，电话是刚打的，这么短的时间我也不可能删除记录。

沈小枝像一个等待宣判的罪人，递上自己的诉状。

空气里静得一丝风也没有，大片的云朵粘在天空上。

赵小东将头扭向一边，他的眼神空洞而又倔强地飘向远方。

沈小枝打开通讯记录，固执地将手机递到赵小东眼前。

真的是我父亲打的。

赵小东不为所动，仿佛沈小枝是在跟另一个人说话，他倒成了旁听席上的观众。然而他的神情，却是充满了厌恶与不信任。

要不，我让父亲打电话给你？

沈小枝垂下头，几撮头发黏湿地贴在脸颊上，她急得快哭了。她的手快速地点击着手机屏幕，因为紧张，她几次将密码输错，她将手机捧到赵小东面前，神情庄重。仿佛捧着的不是手机，而是自己那颗剧烈跳动、急于辩白的心。

赵小东说，你看那些云朵，好像并没有变化，其实它们早变了。

赵小东沉浸在远处的白云里。忽然响起的手机铃声将他拉了回来，他一把推开沈小枝的手，你这是做什么，你是串通好了你父亲来骗我吗？

手机啪的一声掉落在地上，不偏不倚，刚好砸在一块凸起的石头上，屏幕上的裂痕如蜘蛛网，从一个点向周边蔓延，一直延伸到沈小枝的心里。汽车呼啸而过，扬起的灰尘一层层落于沈小枝头的网上。

沈小枝红着眼睛，咬咬牙，盯着赵小东良久，却是一句话也说不出来。沈小枝紧绷的状态忽然就松了下来，她用十分复杂的眼神剜了一眼赵小东，转身要走。

赵小东见状，顿时没了底气，拉着沈小枝的手，目光柔和下来，乞求道，别走，我信。我只是不喜欢你跟别的男人说话。

赵小东像一个无辜的婴儿望着沈小枝，眼神清澈得如一面湖水。

2

骰子盒砸在大理石台面上发出尖锐的撞击声，男女声掺杂在一起，兴奋地尖叫着，话筒里传来跑调怪异的歌声，空气里弥漫着刺鼻的烟酒味。四处乱窜的灯光暧昧地扫过每一张兴奋扭曲的面庞。赵小东神色清冷地隐藏于昏暗的角落，衣领高高竖起。大多数的男生荷尔蒙分泌过剩，急不可耐。沈小枝注意到了赵小东。沈小枝对行走的荷尔蒙们不感兴趣。

赵小东起身出去时，沈小枝紧跟了出去。当赵小东从洗手间出来时，沈小枝斜靠在门口，扬着脸，盯着赵小东，瞳孔在暧昧的暖光下闪着黑漆漆的光。赵小东甩了甩手里的水珠，毫无预兆地将沈小枝抵在了墙角。

赵小东的家在乡下，平时很少回家。他租住在一条狭长的贫民街里，楼下随处可见垃圾桶。一到夏天，垃圾桶如一个个醉汉，卧在路边，张着肮脏的大口，周边散乱的垃圾如呕吐物，喷出一股股恶臭，令人作呕。

赵小东说，我喜欢这低矮颓败的房子，这是母亲留给我最后的气息……

说这些话的时候，沈小枝正依偎在赵小东怀里，窗外的雨噼里啪啦地敲打着窗台。沈小枝说给我讲讲你母亲的故事吧。

天花板上的吊灯散发着昏黄的光，朦胧地笼罩着整个房间，空气里静得只剩雨声。良久，赵小东说，睡吧。赵小东的皮肤黏黏的、湿湿的，他的瞳孔在夜色中闪烁着不可捉摸的光。

秋跟着夏的尾巴接踵而来，天气欲凉未凉。沈小枝带赵小东回了老家。赵小东沉默得如老房子一隅陈列的旧相框，一股浓重的旧时光味道迎面扑来，将沈小枝砸晕，她在赵小东的漩涡里越陷越深。沈小枝的肚子已经微微显露出来了。

赵小东戴着一副眼镜，文质彬彬，举止得体。沈母隐隐觉得哪里不对，却又说不上来，她满腹心事地张罗了一桌子菜，捏着筷子的手却半天未动，一双眼睛粘着赵小东，就像主妇去菜市场买菜，生怕买到品相差的，又恐被无良菜商调了包，目光谨慎。明明是微眯着眼的，那眼缝里，却射出一道凌厉的光来。

沈父倒是淡定许多，他私底下偷偷地打量着赵小东，不动声色。

女儿啊，沈父意味深长地说，人生的路毕竟还是要自己走的，我们不能一直陪在你身边。沈父深沉得如一个哲学家。

沈小枝摸着肚子，偶尔地跳动，让她欣喜不已。心细的人要是注意到沈小枝的眼睛，就会发现，她的瞳孔里全是赵小东。

3

这是一个阴冷多雨的冬季，太阳总是闹情绪，太阳一闹情绪脸上就阴云密布，就要甩脸色哭鼻子。哭得人心烦意乱，在心里头骂爹骂娘。偶尔心情好点儿，出来也是一副半死不活的温暾模样。

在一个阴雨绵绵的夜晚，沈小枝靠在床头剪趾甲，她费力地弓着身子，忽然感到下面一阵湿热，好像一股水涌了出来。沈小枝的羊水破了，却没有见红。沈小枝羊水破得真不是时候啊，赵小东送她去医院时，只有几个值班护士。好不容易一个医生模样的人过来，伸手往沈小枝下面一探，宫口没开，再等等吧。女医生交代赵小东买了一堆卫生纸后便不见了踪影。疼痛感像涨潮一般，一开始是试探着，一点点往岸边溢，随即便撕破了脸，一下一下往岸上扑过去，潮水越涨越高，浪头一个比一个恶，面目狰狞地砸向岸边。沈小枝眉头紧皱，紧咬着嘴唇，额头有细密的汗珠涌出来，一粒粒，密密麻麻。她挣扎着抬起头，想看清自己的双腿间，却只看到一块凸起。她颓然躺下，又不甘心，用手摸向下体。我好疼，她哼哼地说，有气无力。我知道，赵小东说，可是，医生说没有见红，他的眼睛瞄了一下沈小枝的手，你再忍忍？我疼，沈小枝重复。赵小东不吭声，握紧了沈小枝的手。

疼痛令沈小枝面目可怖，脸上的五官扭曲着，挤到了一起。赵小东忽然觉得手背有一丝丝火辣辣的疼痛，就像被小时候老家树上的毛刺子蜇了似的。原来是沈小枝用力过度，指甲已经嵌进赵小东的皮肉里。沈小枝脸上的汗越来越多，她顾不得矜持，裤子都脱了，还要什么脸面。她张着一张大嘴，像一条脱水的鱼，一双手钳子似的，紧紧箍住赵小东的手，我不活了，你杀了我吧，我不要活了，让我死，让我去死……空荡荡的走廊里充斥着沈小枝凄厉的哭叫声，走廊两旁雪白的墙壁在灯光照射下愈发显得惨白。赵小东出去找过几次护士，都被怼了回来。护士一本正经地说，宫口没开呢，没见红，急什么！

沈小枝剖腹生了一个女儿。她从来不知道生孩子这么痛苦，简直是剜心掏肺，地狱里走一遭！自己拿命换来的就是这么一团丑东西？这团皱巴巴的小东西似乎除了吃就是睡呢，偶尔醒着也是没由来地哭。沈小枝心里有隐隐的躁动。

沈小枝养过一只兔子。在这之前，她从来不知道兔子这么能吃，它的嘴巴似乎处于二十四小时蠕动状态，兔笼下放排泄物的塑料板永远也清理不干净，而现在，女儿的出生让她想到了那只兔子。有那么几天，女儿一天拉十几次大便。沈小枝疲于清理女儿的排泄物与更换尿片。她会忽然将手搭在腰间，以此确认那仿佛要断裂的身体是自己的。赵晓东真是一点儿用都没有呢。赵晓东像一棵无辜的树杵在一旁，他对女儿的尿片，还有因摩擦过多引起的红屁股一点儿办法没有。此刻赵晓东的沉默看着就有几分冷漠、扎眼的意味了。终于在一次女儿吐奶后，沈小枝爆发了。沈小枝将女儿扔在床上，仿佛丢弃的只是自己不再喜欢的玩具，她咆哮着爆了粗口，心里有一团火在烧，她的面部表情因过分激动而显得狰狞，牙齿咬得紧紧的，随手拿过枕头捂住了女儿的脑袋。这真是一个令人头疼的脑袋啊，枕头下传来女儿闷闷的、惊恐的哭声，伴随着毫无意义的挣扎声。沈小枝脸颊上淌着泪，恶狠狠地挤压了几下枕头，随即又烫手般抛开枕头，抱起惊慌失措的、涕泗横流的女儿一起痛哭。沈小枝变成了一只弹簧，外界轻微的一点儿压力都能让她蹦起老高。即便女儿乖巧的时候，沈小枝还是想哭，毫无征兆，她的心忽然就被一阵深深的悲凉攫住，沈小枝忍不住地痛哭。哭着哭着，她忽然又抬起头来，用手背一抹眼泪，还是忍不住哽咽。沈小枝不知道自己为什么哭，只觉得胸口沉甸甸的，闷得慌，这是莫名其妙的悲伤啊。

　　每当夜深人静，赵小东想靠近沈小枝时，沈小枝总会以吵到女儿为由，无声而又坚决地拒绝赵小东。沈小枝变了，对夫妻之间的事不感兴趣了，沈小枝的眼里只有女儿，赵小东成了一棵扎眼的树。沈小枝抓过赵小东的手，贴在自己胸口，这里一片冰凉，要是你有一把刀，剖开它，你就会发现，里面结着一层又一层厚厚的冰，冒着丝丝白气。无数个黑夜里，赵小东从背后搂住沈小枝，赵小东的泪流下来，滚烫的，淌过沈小枝后背。沈小枝一动不动，身体僵硬，已然熟睡的样子。可一旦女儿有动静，沈小枝就好像温顺的兔子忽然遇到攻击，砰地弹起。赵小东觉得自己成了局外人，他对沈小枝就如同对他女儿的尿片和呕吐物一样毫无办法。他绝望得就像大海中央的一叶孤帆。海水的味道是酸的，无数的泡沫从海底涌上来。

4

急风携带着骤雨，横扫着楼下的一切。窗台上传来噼里啪啦的雨水击打窗户的声音。沈小枝是被一阵剧烈的疼痛惊醒的。昏暗中，沈小枝看到一个黑影立于床前，来不及惊呼，黑影扑上来，熟悉的气味迎面扑来，夹杂着浓重的酒味，是赵小东。他急促地呼吸着，难闻的口气令沈小枝几欲昏厥。

赵小东像软体生物一样粘在沈小枝身上，他固执地缠绕着沈小枝。有微弱的啼哭声传来。沈小枝说，赵小东你放开我，孩子哭了。婴儿的啼哭声断断续续，在雨夜里忽远忽近。赵小东痛苦地捂住耳朵。赵小东说我不要听。沈小枝扭动着身体，试图挣脱赵小东的束缚。

黑暗中赵小东忽然举起了襁褓中的婴儿，啼哭声从半空传来。沈小枝吓得魂飞魄散，瘫坐在床上，身上的力气已被抽尽。

沈小枝呜呜地哭了，声音如婴儿般，绵软无力。

她是你的女儿！

赵小东把婴儿拥入怀中，蹲在地上。赵小东哭了。赵小东说，不，她就是个强盗……

在这样一个雨夜，在一个简陋的出租屋里，一个男人与一个女人一起哭泣，伴随着婴儿的啼哭声。粗暴的雨声将一切淹没。

5

赵小东回了一趟老家。他的父亲在监狱里自杀了，用一个塑料袋结束了自己。鬼知道他是怎么搞到塑料袋的。赵小东父亲死得很滑稽，他蜷缩在地，塑料袋可笑地套在他的脑袋上。当狱警发现时，他已僵硬得如同一尾烤鱼。赵小东很不情愿回去，可他父亲只有他这么一个儿子。

赵小东说，他终于死了！赵小东说这句话的时候就像将一口浓痰狠狠地啐在地上。

沈小枝冷冷地看着他。沈小枝看赵小东的眼神就像看天上的太阳。纵然阳光普照，纵然置身阳光下，可太阳是那样孤傲地悬在半空，并不曾将它的温暖分享分毫。

赵小东是一个人回去的。赵小东兴冲冲的样子更像是回去办一件喜事。

赵小东不在的日子里，沈小枝居然觉得分外轻松。沈小枝觉得自己就像一团棉花一样，差一点儿就要飘起来了。沈小枝带着女儿去了周边的景点散心，自从结了婚，沈小枝彻底断了社交圈。沈小枝成了笼子里的人。就算有羽毛又有什么用，给你也飞不起来了！

沈小枝是忽然接到赵小东的电话的。电话里的赵小东声音低沉阴冷。

你在哪儿?

沈小枝的脑海里闪过赵小东沉默的样子。沈小枝打了个冷战，我就是出来逛逛……

朋友圈里，照片里的沈小枝笑若莲花。

你笑起来的样子真像个婊子！

沈小枝听到电话的另一头传来呜呜的哭声，赵小东声调一变，带着凄切，你不在乎我了，你们都嫌弃我了？

赵小东忽然压低了声音，像是在诉说一个不可告人的秘密，他们的手里都拿着冰锥，你得离他们远一点儿。

沈小枝无声地挂了电话。她抱着女儿，失神地坐在公园里，长时间的，如果可以，她想把自己做成雕像。是的，一尊可笑的雕像！

6

赵小东提前回来了。赵小东跟个没事人一样逗着女儿玩，女儿被他逗得咯咯大笑，赵小东也跟着笑。赵小东明明是对着女儿笑的，眼角的余光却落在沈小枝身上，似笑非笑的神情让沈小枝心惊胆战。沈小枝感受到了来自他的阴冷气息。赵小东的眼睛，赵小东的笑声，赵小东身上的体味……墙壁上、衣柜里、窗帘后，到处都是赵小东，赵小东充斥着沈小枝的每一个毛孔。沈小枝只觉得身体如抽丝般被抽空，绵软无力，冷汗涔涔。

夜幕如期降临。沈小枝很忙。沈小枝忙着照顾女儿，接着又忙着打扫房间。沈小枝把女儿的衣服折了又折。赵小东是忽然扑过来的。赵小东已经失去耐性，他毫不客气地将沈小枝捆了个结结实实。

赵小东说，你不觉得你需要解释什么吗？

沈小枝一动不动，一动不动的沈小枝像死了一样，悄无声息。

赵小东绝望地挥动着皮带，喘着粗气跌坐在床沿。

赵小东扔掉皮带，扳过沈小枝。赵小东抱着沈小枝的姿势就像抱着一个布偶娃娃。他轻轻地抚摸着沈小枝身上的伤痕，每摸一下，沈小枝都忍不住战栗。沈小枝像一团烂棉花瘫在赵小东怀里。

赵小东折腾累了，终于沉沉睡去，有轻微的鼾声传来。沈小枝一动不动地坐在黑暗中，她抚摸着眼前这个男子的脸庞，冰凉的指尖绕过他紧闭的双眼，滑到他的颈脖。沈小枝忽然浑身战栗起来，她闭上眼睛，想象自己手里拿着一把刀，脑海里浮现出楼下烤鸭店老板剁鸭脖子时的情景，只需一刀，只需一刀。一个恶毒的念头闪过沈小枝的脑海，她被自己大胆的想法吓了一跳。

沈小枝彻夜未眠。一整天她都坐在床沿，看窗外面的马路，看行人熙攘，看他们进入店铺，又出来。那些神色各异的男女，他们的心里，是不是也都揣着见不得人的秘密？

沈小枝的目光被斜对面烤鸭店吸引过去，这是一家新开的店铺，生意红火。

赵小东一直睡到下午。沈小枝几近痴呆地看着眼前人的面庞，歹毒的念头再一次滋生。沈小枝真希望他永远不要醒来。

沈小枝从厨房拿来那把被磨得霍霍发亮的菜刀，立于床前。

赵小东忽然一个翻身，一只手搭过来，碰到沈小枝的腰。沈小枝被吓得不轻。赵小东却只是拍了一下自己的脸，似乎在挥赶蚊虫，只见他眉头紧蹙，似乎被梦里的千头万绪扯住。

沈小枝扔下刀，胡乱地收拾了她跟女儿的一些衣物，她要逃，逃离这里。

泪悄无声息地从眼角滑落，沈小枝毫无知觉。怀中的婴儿，无辜地望着她，一脸清澈。

路两旁的夹竹桃，开到荼蘼。白色的是颓废，红色的是糜烂。在这个城市，沈小枝像个病人一样游荡，漫无目的。赵小东就像个城府极深的预言家。他沉默阴戾的神情，剑一样悬在沈小枝上方。

不知不觉中，沈小枝居然又回到这条肮脏的街道，烈日灼心。沈小枝立于烤鸭店前，出神地盯着一只只淌着油脂的肥鸭。

店老板笑眯眯地问了一句，来一只？

沈小枝拎回一整只烤鸭。

"啪"，沈小枝一刀挥下去，使尽浑身力气。刀果然是锋利的，鸭脖子首先被剁掉。

"啪、啪啪……"整只的鸭不消片刻便被沈小枝剁得粉碎，肉末飞溅。沈小枝觉得快活极了。

我梦见你在火车站，一树树的夹竹桃，你忽然就钻进去不见了。

赵小东忽然出现在厨房门口。

我的身份证呢？

你要身份证做什么？

赵小东一步步逼近沈小枝。

沈小枝被他逼到角落，挥舞着刀，你别逼我！

沈小枝终究还是没有勇气，菜刀落于地上，闪着惨白的光。砧板上的鸭肉支离破碎，脑袋却是完整的，那一只灰黑的眼睛，刚好对着沈小枝，似乎是在笑话她。

看，它笑了！

赵小东愣了一下，谁？

是它！

赵小东四下里张望，你唬我呢！

沈小枝呵呵笑了，没有，没有，你看，它真的笑了，那只鸭子，它笑了呢!

你疯了!

沈小枝看到皮带又在一步步向她逼近。

烤鸭店的老板,正一下下地剁得欢呢。

7

夜,静谧而安详。

沈小枝打开窗户,想象着自己跳下去,像一阵风,轻柔。她闭上眼睛,爬上窗台,偶尔呼啸而过的车辆将她吓得不轻,脑海里浮现出横尸街头的野猫,血肉模糊。她终究没有勇气。

沈小枝最后温柔地吻了吻女儿。在意识模糊前,她看到赵小东气急败坏的表情。

沈小枝拿菜刀割破了自己的手腕,那原本为赵小东准备的刀,她想象着那是赵小东的脖子。

医院里,赵小东坐在病床前,满目悲戚。

我时常梦见我的老家,在我的老家只有冬季。老家的冬天真冷啊,是带着毁灭性的,你见不到一个活物,所有的人都在昏睡。老房子屋檐下倒挂着冰锥,这些冰锥一下下砸在我心尖,夜以继日……

沈小枝双眼紧闭,沉默着。沈小枝越来越沉默。

赵小东说,你不是一直想要听我母亲的故事吗?

时间倒回到1990年的冬天。那年的冬天真冷啊,长长的冰锥子像水晶铸成的短剑,倒挂在屋檐下,在阳光的照耀下,那么亮,那么灿烂,闪耀着摄人心魄的光芒。路两旁的阴沟里结了厚厚的一层冰。贪玩的孩子们把它们取出来，打磨成一个圆形，在中间穿一个孔，用竹子穿插好，就是一个天然的轮盘。那时候的快乐真简单啊。太阳疏离地贴在高空，即使站在阳光下，我还是觉得冷。1990年的冬天，我被冻哭了。我哭着从学校跑回家里，我逃课了。从小我就是个脆弱的人。

很奇怪，父母都在家里。母亲是家庭主妇，绣得一手好针线活。母亲绣的花像花，鸟像鸟。那天母亲并没有坐在绣架前绣花绣鸟。后门猪圈里母亲养的两头猪不安分地在拱来拱去，发出焦躁的声音。母亲并没有质问我为什么这个时候就从学校回来，母亲的眼睛里藏不住心事，她沉默着把我锁进了卧室，眼圈红红的，平时收拾妥帖的头发此刻显得凌乱不堪。我眼睛的余光最后落在父亲身上。父亲低垂着头，大口大口地抽着烟，脸色却是难看的。父亲穿着一件宽大的工作风衣，上面层层叠叠覆盖着一层又一层的油渍，斑斑驳驳。风衣很大，空荡荡地套在父亲瘦小的身上，显得很不协调。父亲是厂里的修机师傅。

事情的经过大概是这样的，厂里的一台机器坏了，负责这台机器的女工就去找父亲来维修。父亲蹲下去检查故障时那个女工就站在旁边，女工一开始是站着的，父亲长时间地蹲着，弓着背，空气里充斥着其他机器发出的轰鸣声，根本听不到对方的说话声。可能是女工站累了，也可能是女工想跟父亲交流什么，女工蹲下去了，她紧挨着父亲，她的头跟父亲的头几乎贴在一起，其间还有人看到女工拍了一下我父亲的肩膀。有好事者就跑到我母亲跟前嚼舌头去了。母亲站在父亲身后的时候，父亲跟女工依然保持着同样的姿势。这台机器真是难修啊！母亲看不下去了，母亲是个小心眼的女人。她一脚踹在父亲撅起的屁股上。父亲像一只蛤蟆一样扑倒在地，顺带把女工也拽倒了。母亲头也不回地回家了。母亲真是气啊。

1990 年的冬天，母亲跟父亲大吵了一架。我听到卧室外传来乒乒乓乓东西摔落的声音。我想应该是餐桌被父亲掀翻了，桌上的碗碟还有剩饭剩菜撒了一地，根据我的想象，应该是这样的。这个时候的母亲真是一点儿淑女风范都没有了，母亲龇牙咧嘴地扑向父亲，她的手就是她的武器，在父亲脸上抓出一道又一道血印子。父亲的风衣也被母亲拽破，这真是件多舛的风衣，从它上面一道又一道的补痕就可以看出，它的主人对它又爱又恨。父亲一定是被冻糊涂了，父亲眼里没有母亲了，只有两只狰狞的骷髅手一次次扑向他，对他造成威胁。父亲显得比以往任何时候都要狠。这已经不是普通意义的吵架，这关系到一个男人的尊严，父亲揪住母亲的头发，一次次撞向墙壁、桌角。母亲被撞得晕头转向，母亲像一只即将魂飞魄散的女鬼，发出凄厉的尖叫。母亲的眼圈红红的，没有眼泪，有本事你杀了我。父亲的眼圈也红红的，父亲红了眼，他像丢垃圾一样甩开母亲，父亲寻找作案工具的样子像一具吸血僵尸在寻找猎物。父亲是天生的艺术家，他的头忽然转向门外。那时候的房子屋檐都很矮，一抬手就能够到。父亲的胸口剧烈起伏，他拧下了一根冰锥。父亲完美地制造了一起凶杀案。冰锥真是硬啊，它那么容易就刺进了母亲柔软的脖子，就像针孔扎进血管，血汨汨地流出来。温热的血很快将冰融化，但是母亲脖子上的洞，却再也堵不上了。母亲睁大的惊恐而美丽的双眼，一点点疲软下去。父亲在她逐渐涣散的瞳孔里渐渐模糊起来。从此她再也不用操心父亲跟哪个女工靠得太近，勾肩搭背，有一腿两腿的破事了。母亲灵巧的双手软绵绵地垂着，它们再也绣不出会飞的鸟、美丽的花。

父亲显得比以往任何时候都要冷静。他默默地收拾了第一案发现场。房间被父亲收拾得很妥帖。父亲从来不做家务活。父亲心里想，原来我也可以把家务活做得这么好啊！父亲打开了卧室的门，把母亲抱到了床上。父亲从衣柜里拿出母亲最喜欢的一身衣裳。这是父亲生平第一次给母亲换衣服。父亲又捋了捋母亲的头发，父亲表现出前所未有的温柔。母亲，也史无前例的温顺乖巧。父亲拾掇母亲时小心翼翼，就像是在处理一件艺术品。

父亲精心地照顾着母亲，白天的时候父亲会烧一桌子好菜，然后喊一声，老婆，吃饭了。母亲没有反应，母亲睡得真沉啊。这个时候父亲就不高兴了，但是父亲并没有生气，父亲怪嗔着，都多大的人了，还跟个孩子似的。父亲亲自把母亲抱到餐桌前，一口一口往母亲嘴里塞饭。母亲并不领情，她看都不看父亲一眼，始终低垂着头，父亲塞进她嘴里的饭散落一地。父亲并没有气馁，他固执地往母亲嘴里继续塞饭。父亲说，不就是修一台机器，你至于嘛，你们女人哪，就是小心眼儿……吃好饭，父亲把母亲收拾干净，抱回到床上。父亲仿佛又陷入了热恋。到了晚上，父亲就睡在母亲旁边，父亲搂着母亲。母亲的另一边，睡着我。母亲脖子上的褐色的窟窿，形成了某种隐秘的象征。在漫长的岁月里，它在我脑海里生根发芽，疯狂生长。那段时间父亲照常上班下班，生活朝着固有的轨迹向前行进。直到爷爷发现了异样。

后来我听爷爷说，父亲曾试图用一把刀自杀。父亲拿着刀在手腕还有脖子上比画了几下，父亲下不去手。父亲给岳父岳母打了电话。我看到戴大盖帽的人在我家进进出出，我的家门口从来没有这么热闹过啊，原来有这么多人一直在关心着我们。有一件事让戴大盖帽的很费解，他们始终找不到作案工具，而父亲，除了一句"是我杀了我老婆"，他再也不会说别的话了……

8

夜色笼罩着这条破落的街道，月色迷蒙，风儿心事重重地拂过大地的每一寸肌肤。

赵小东在黑暗中凝视着自己的女儿。她睡得是那样的香甜啊。赵小东痴痴地望着，有那么一瞬间他感受到了作为父亲的欢愉。可是这样的感觉消失得那样快，就像短暂的高潮后换来的是无尽的空虚。赵小东的心被掏空了。他情不自禁地伸出了手，在婴儿柔嫩的脖子上比画着，内心有一个声音在嘶喊，结束她，结束她！赵小东邪恶地笑了，他的手，充满了力量。窗外的月亮冷冷地注视着出租房内的一个男人，他曲着双腿，弓着身体，心事重重，他的手水草一般缠绕住一处柔软。又有一个声音不适宜地在赵小东耳旁响起，她是你女儿，她是你女儿。赵小东一怔，像被火燎了一般缩回了手。

赵小东双手抱头，十指插入发丛，头要炸裂般。月亮幽幽地悬在窗外。

天刚蒙蒙亮时，沈小枝醒了，借着窗外微弱的光，她看见赵小东搂着女儿，安静得如一幅油画。没有人知道那一晚赵小东内心经历了怎样的挣扎。

赵小东是忽然消失的，一起消失的还有他们的女儿。沈小枝有种很不好的预感，她像头苍蝇一样乱转，忽然发现自己对赵小东一无所知，除了赵小东的电话号码，而现在那个号码始终处于无法拨通的状态。

沈小枝失魂落魄地游荡在街头，拿着手机，一遍遍按着重拨，机械地，固执地。霓虹闪烁，人影晃动，到处都是行色可疑的人，沈小枝夹在人群中，被动地往前走，所有人的目光仿佛都是不怀好意的。她的目光落在暗处，那些光照不到的地方，说不定隐藏着某些见不得光的事物。也许她的赵小东就躲在某一个暗处，一脸深沉地凝视着她。

镜子里的女人脸色苍白，双眼红肿，沈小枝望着她，就像望着一个陌生的女人。她忽然想起什么似的，拉扯着自己的裤子，粗暴地。沈小枝拿起一枚镜子，对准了自己的腹部。肚脐下方的那一道疤，歪歪扭扭，触目惊心，它提醒着她有一个鲜活的生命曾经从这里分离，连带着她的血与肉。女儿刚生下来那几个月，她的腹部偶尔还会有轻微跳动，就像女儿从未脱离过她的身体。沈小枝摸了摸肚子，仿佛又有一阵悸动传来。

有钥匙插进锁孔的声音传来。沈小枝啪地甩掉镜子，顾不得提裤子，一个踉跄，赵小东眉开眼笑地闯进视线里。

囡囡呢？

囡囡，什么囡囡？你又犯病了，你病得真是不轻啊，你是不是不听话，又没按时吃药……

沈小枝瞪着一双绿幽幽的眼睛，露出冷森森的牙齿，我只想要回我的女儿，我越是见不到她，她便在我心里扎得越紧，你越是想夺走她，她便往我心里钻得越深。即便我的心空荡得如一座遭到掠夺的墓穴，填满它的，也只是荒草。那满目的枯黄，刺痛着每一根神经，你以为你躲得过那疯狂地滋长？

赵小东的嘴角轻微向上扬起，带着得逞后的某种快意，就算你荒芜成一座坟墓，里面爬满蛇蝎，我也要同你烂在一起，夜里听山风呜咽，被不知名的虫兽咬耳挠头。即使太阳出来，太阳悬得再高，也只是可笑的一厢情愿。这背光的山阴，终日阴风猎猎，而我，只愿做你坟头的一棵枯草。

沈小枝瘫坐在墙角，头发如一面黑墙披下来，整个人轻飘飘的，失去重心，仿佛一面纸片人。

你说，囡囡今天拉了几次大便，会有人给她换尿片，她的屁股有没有红，她喝了几次奶，见不到妈妈她会不会害怕，囡囡要是哭了怎么办？沈小枝披散的头发几乎遮住了整张脸，她的手支撑着额头，仿佛不那样做，她狼狈的脑袋就会掉下来。沈小枝吸着鼻子，偶尔有亮晶晶的东西在昏暗中一闪一闪。

她抽泣着，嗓门凄厉尖细，如一只受伤的野猫，急躁难耐，又如同一个无法投胎的女鬼，即将魂飞魄散。

这个脏乱的南方小镇，忽然多了一个贴单子的女人，神情凝重，如麻将桌上的白板，奓拉着，看不出喜怒，却透露出某种固执。风很大，显得慌乱局促，有一阵没一阵，吹得路人都眯起了眼睛，心里一阵躁动，忍不住想相互问候一下。

单子是忽然飞出去的，像长了翅膀一样，它们在跟沈小枝闹着玩呢。沈小枝动，它们也动，沈小枝不动，它们也乖张地匍在地上。沈小枝只抓回几张单子，却扑了一身灰。沈小枝蹲在地上，脑袋深深地埋进双膝间，一股热流急速地涌上来，直奔脑门，沈小枝的眼眶里顿时滚烫的，急于宣泄似的，两股热流气势汹汹地喷涌出来。

沈小枝看到无数的赵囡囡在地上欢快地飘呀飘，它们朝沈小枝聚拢过来，然后一哄而散。无数的赵囡囡，正在渐渐离沈小枝远去。

消失

1

　　往事就像满城的荒草，在回忆中绿了又黄，黄了又绿。一棵荒草的凋零，代表着一种过往的结束。当你看到一个人一动不动地坐在墙角时，请你不要打扰他，也许他正在遗忘，也许他正在铭记。

　　婚姻是一扇门，有些人在门外徘徊，对门内生活产生未知的恐惧。有些人跌跌撞撞，还没有认清状况，便一头跌进门内。英英在父母眼里成了一件过时的、不断贬值的商品，一件让他们伤脑筋、不知道如何安置的商品，毕竟大龄剩女一不小心就沦为别人茶余饭后的谈资。

　　英英在一个商场内经营一家饰品店。那是一片新开发的城区，宽阔的水泥路笔直延伸，通向遥远的天边。从住的地方走到商场需要横穿马路，偶尔英英会伫立在路口，望向某一处，路的尽头是什么？路有尽头吗？马路两旁有大片绿油油的巴掌叶，成群地、日复一日地、一成不变地在天桥下迎来、送走一个又一个过客。叶面上的脉络粗细交错，没有相同的两片树叶，也没有相同的两段回忆。回忆在不同的人身上会展现出不同的脉络。人心那么窄，窄到容不下相同的一段回忆。当你还沉浸在一段回忆里，你回忆里的那个人或许已经沉浸到另一段回忆里。

母亲在屡次要求英英接受家里安排的相亲被拒之后，露出绝望的神情，就像小时候烧饭的火灶，因为没有及时补充柴火，炎炎烈火之后，只剩一团死灰，透着青灰色的、绝望的气息。在这家只有女人进出小小的首饰店里，没有一丝的雄性气息。即便偶尔有异性光顾，身旁必定伴着一位漂亮的女人。想要通过工作场所结交优秀青年，简直是做梦！母亲在来过一次店里后，脸上阴戾的表情像没有太阳投射的阴沉天空，透着一股死灰。

母亲在并不大的店里心不在焉地逛着，多好的饰品啊，只可惜没有找到识眼的。

她拿起一枚胸针，在左胸比画了一下，遂又放下，你还记得沈小群吗？你颜阿姨的女儿，你们小时候见过的，前段时间她订婚了。男孩子在银行上班。要说你也不比她差……

母亲对着镜子将一枚复古仿铜耳扣戴上，我都不好意思待太久，我脸臊得很，就怕我那些姐妹们提起你。

英英坐在收银台前摆弄着一枚银戒指，戒面是一颗猫眼石，颜色从褐色到橙黄呈渐变色，猫眼在灯光下闪着夺目的光。母亲的这些话她早就听腻了，她将戒指戴上，脱下，复又戴上。

英英说，楼上新开了一家粤菜馆，我带你去尝尝？

母亲瞪了英英一眼，跟你说话呢，没胃口吃。

母亲临走前瞅了一眼英英，无声地叹了口气，她并不打算再来这里给自己找不痛快。"就当没有你这个囡""眼不见，心不念"，她想通过无视来冲淡自己内心的控制欲。她自己的婚姻一言难尽，然而她固执地认为一个女人的一生只有经历了婚姻才算完美。一个女人，只有结婚生子，才能称得上完整的女人。

英英忽然想到天桥下成片的巴掌叶，它们成群结队，相互簇拥，无声地喧嚣着。然而它们开心吗？

2

缘分经常躲在命运的暗处，在恰到好处的时候出现，将两个不相干的人推入到同一扇门内，他们的命运因此跌入截然不同的下半场。

他叫陈泽，在商场隔壁的办公楼上班。英英这闺女真是有福，怎么就认识了陈泽这样的精英人士。人们窃窃私语，相互咬着舌根，到了明面上又相互贺喜，一件大事终于落成。像英英这样的大龄剩女，能找到头婚男人，并且是体制内的男人，简直就是拆到一个大盲盒，捡了天大的便宜。英英这件"商品"的成功"出售"，让父母在亲戚邻居面前如释重负，终于可以昂起胸来，吐出胸中的一口恶气。

陈泽是一个瘦小的、戴眼镜的斯文男人，留着规整的寸头。某个黄昏他在商场吃饭，当他乘着电梯缓缓下来时，他注意到了饰品店里的英英。在一次又一次经过店门口之后，他终于踱步进去。在英英的小店里，他从一个展柜踱向另一个展柜，展柜前的陈泽显得有些迷茫，面对琳琅满目的女性饰品，他显得有些害羞，有些醉翁之意不在酒，他眼角的余光总是不自觉地瞟向英英。

终于他鼓足勇气走到英英面前，可否麻烦你帮我做一下参谋？

英英有一种与生俱来的职业敏感，她很得体地答应了陈泽的请求。

当然可以，她微笑着，对待每一位顾客都是体面而不失礼节。

在听了陈泽对女孩的描述后，她迅速地从众多的饰品里挑选出适当的饰品。陈泽站在英英的侧面，离得很近，能清楚地看到她耳垂上细细的绒毛，这些透明的绒毛在空气中轻轻浮动，好似三月河堤畔青柳有意无意地掠过微波荡漾的湖面。陈泽赶紧转移目光，他把视线转向另一个展柜，那里陈列着一排手工编织的藤帽，帽子的边沿点缀着大朵色泽艳丽的花朵。这样的帽子，让陈泽联想到了蓝色的海洋。他与英英赤脚走在细软的沙滩上，英英戴着造型夸张的帽子，穿着浅蓝色的透明的裙子，海是蓝色的，在海水的折射下，英英的身上也泛出一片忧郁的蓝光……

陈泽结账后并没有急着离去，他知道对待一位并不年轻了的女士需要多一些勇气与耐心。他笑眯眯地站在门口的收银台前，欲言又止，可否烦你帮我试戴一下？他把饰品递给了英英。

英英一愣，随即笑了，她接过了饰品。

陈泽说，楼上一家餐馆不错，为了表示对你的谢意，可否赏脸一起吃个饭？

那件饰品戴在了英英的身上。陈泽说，它与你很般配。

英英没有拒绝，其实她已经注意陈泽很久了，无数巧合里藏着某种必然。同在一个频道的人只需用眼神交流即可。你把鸡跟鸭关到一个笼子里，鸡鸣鸭叫，彼此都觉得自己委屈。

他们在商场的楼上选了一家上海菜。陈泽绅士地替英英拉开椅子，将餐具铺开。上海菜系偏甜，陈泽说，生活就是要多点甜味儿。

等菜的时候，英英接到母亲的电话。姥姥依旧睡在医院的走廊上。已经第三天了，医院的病床永远供不应求，旧的病痛的躯体消失了，马上就会有新的病号顶上。这里是没有硝烟的战场，每一个床位后面都是一场生命争夺战。

尽管英英很小声地应付，陈泽还是听出了大概。

挂掉电话，英英看了一眼陈泽，笑得有些敷衍，有些交差的意思。

陈泽也不拐弯抹角，直接问，哪家医院？

陈泽动用了他的关系，英英姥姥终于不用再睡在走廊上了。

接着又约会了几次，没有年轻人的烦琐程序，没有再三强调彼此的爱意，没有夜色下的拥抱与告别，没有激烈的争吵与偏执，一切按部就班，差不多了，年龄摆在那里，婚期被提上议程。那是一个雨天，下雨预示着好兆头，雨水冲刷一切，当污秽被冲走，空白被重新定义。空白意味着新的开始，意味着人们可以重拾画笔。

在民政局门口，英英产生了一种奇怪的感觉，时间掩盖了回忆，回忆又冲破时间的桎梏，穿越过往，重新回到人们面前。似曾相识的感觉让英英感到一阵晕眩。这样的感觉，只在她喝了酒时才有。胃里的东西带着回忆涌进大脑，迫不及待地想要冲撞出来。现在，他们必须得回去，重新理清思绪。面对流水线似的程序，英英的反应有些迟钝，她躲闪的眼神像远山，氤氲着她自己也看不懂的迷雾。她的神情有些苦闷，一些将要打开的结在脑海中越拧越紧，成了死结。

英英说，我们先回去吧。

陈泽虽有困惑，还是尊重了英英的意愿。

当全新的生活被打开，每个人的反应都不尽相同。婚姻意味着从一扇门迈向另一扇门，过往被终结，从此你不再是一个人，只有跟另一半结合，彼此才算组成了完整的一个人。陈泽很理解英英。人们总是把自己对一件事情的看法理解成想当然，并且以为对方跟他们想的一样。陈泽认为英英只是对忽然出现的新生活产生了应激反应，一种兴奋过度、难以置信的感觉冲击着他的未婚妻。陈泽说没关系。他们一只脚已经迈进新的生活的大门，另一只脚迈进去也只是早晚的事。

3

南方小镇。漆黑的夜，一辆大巴出现在一条并不是十分宽阔的马路上。如若不是大巴车发出的微弱的光，天地就是一片混沌的黑。大巴车颠簸着，缓缓地停了下来，喷了一个长长的颤音，门被打开的声音在寂静的夜里显得尤为尖锐刺耳。一对男女从大巴车上下来。大巴车继续前进，很快将这对男女甩进无边的夜色里。

英英懂事得早，她对学习不感兴趣，分数只是一串毫无意义的数字。她抹唇彩，描眼影，穿非主流的衣服。英英在学校里是另类的存在，她只跟坐在最后一排的问题学生交往。在连续三个月没来例假后，她的母亲终于察觉了异样。一颗本不应该属于英英这个年纪的种子在她身体里悄然发了芽。

母亲气急，情绪失控，一再逼问，谁，告诉我是谁！

甚至当老师的面给了她一巴掌。

英英的嘴就像贝壳类生物，在受到外界刺激后闭得更紧了。

母亲又服软了，哭着要英英交代出男孩是谁。

然而英英软硬不吃，始终沉默，她已毅然决定独自将此事揽下。

这件事当时在学校里被偷偷压了下来，还是有消息传出来。消息从嘴角，从眼神，甚至从门缝里钻出来，越传越玄乎，谣言就像蒲公英的种子，毫无章法地满世界到处飞，到最后，面目全非。然而她不在意，那些流言蜚语，她决定逃离。

黑夜最适宜出行。英英找到男孩，我们一起走吧，到一个没人认识我们的地方。

英英没想到这些出现在电视里的剧情会在她身上上演。一想到即将要和心爱的人私奔，她就觉得兴奋。

男孩并没有想象中亢奋，反倒一副畏畏缩缩的样子，他往后退着说，这并不现实，我们出去了依靠什么生活。

英英察觉到男孩冷淡的态度，她试图说服他，只要我们不怕吃苦……

男孩粗暴地打断了她，算了吧，你以为这是演电视剧呢！

英英看着男孩消失在夜幕中。黑色，原来也容易将一些不堪掩盖。

英英在夜色中一动不动，眼中的光黯淡下来。她决定独自离开。

在她离开老家后，流言像汽车的尾气，渐渐消散。英英像幽灵一样从老家飘到了S市，她以最快的速度逃离。

英英拒绝了父母为她安排的另一所学校，她已不再是那个小小的提线木偶。在逃离之前，她一直活在父母的阴影里。父母从她记事起就一直吵吵闹闹，他们为了谁做饭吵架，为了谁洗碗吵架。地上的一片纸屑都能让母亲狂躁，指着英英骂她不孝女、垃圾，跟她父亲一样是垃圾。这个世界充斥着垃圾。母亲歇斯底里的样子让英英又厌恶又害怕。好多次，失控的母亲抓住英英，以一副过来人的姿态告诫英英，千万不要踏进婚姻的墓穴，在这座死寂的洞穴里，一切都是没有声音的。沉默包裹着一个女人，她歇斯底里地呐喊。英英无数次看到母亲一个人躲在卫生间里，对着镜子，镜子里的女人一脸漠然，面无表情，眼泪拼命地无声滑落。

母亲不是在牌桌上就是在卫生间。英英还太小，她不懂女人。父亲很少管她，也很少过问母亲，他们就像水与油永远溶不到一块儿，一碰面油星子就四处飞溅。父亲于她而言，就像墙上的画一样抽象，小小的英英看不懂。然而她知道，她很久以前就知道自己没有家了，家只是一个让她在雨天，在黑夜来临前可以躲避的地方。家是一具四面冰冷的空壳。现在英英终于脱离出来。英英住在 S 市最简陋的出租房里，没有卫生间。卫生间在底楼，挨着房东的房间。每次英英洗漱的时候都会有嘈杂的声音从房间里传出来，应该是好几个人在一起打牌。英英听到了麻将磕在桌上的声音。麻将的声音原来是热闹的、喜庆的，是雨水砸落地面、虚无落到实处的声音。

英英的母亲爱搓麻将，赌瘾就像血液流淌在身体里，瘾君子们惺惺相惜。英英的父亲嗜酒，每次都把自己喝得酩酊大醉，红着鼻头在那里骂自己的婆娘。他们掀过餐桌，掀过麻将桌。母亲甚至在跟父亲大吵一架，砸毁家里一切可砸的东西后跑回娘家了，还不忘打牌。英英去外婆家找母亲，她可怜巴巴地站在桌角，没有人在意一个小孩的存在。人们蝇营狗苟，无心关注对方的心理。母亲的手娴熟地摸着牌，脸上的表情不显山不露水，谁能看出这是一个刚跟丈夫决裂伤心欲绝的女人。

她对着英英说，你回去吧，我是不会回去的，我在这里要多潇洒有多潇洒！

她突然欣喜地喊道，等一下，胡了！

母亲又厌恶地看了看英英，让你回去呢，别来这里坏了我的手气！

她对门内的生活已然熟络，她与丈夫彼此痛恨又缠绕在一起。一辈子多短，多搓几次麻将，多喝几顿酒就过去了。父母这一辈是忍耐惯了的。

4

　　小曹是第一个注意到英英的，单身女性总是容易引起男人的关注。那注定是一个不寻常的夜晚，凑巧小曹去房东家搓麻将，凑巧他被一泡尿憋到不行，又凑巧英英刚洗了澡，拖着湿漉漉的身体走出来。她微卷的睫毛上沾着水珠，在昏黄的路灯下闪着女性独有的光芒。这是女性才有的气息。这样的气息在夜色里散发着荷尔蒙的味道，令人无法抗拒的味道。以后的日子里，当小曹说到自己第一次见到英英的那一晚，这是一种磁场，小曹说，他们有相同的磁场，是磁场吸引了彼此。小曹说我从来没有见过像你一样这么忧郁的女人。忧郁的女人像猫一样带着神秘的气息，令人着迷，忍不住靠近。小曹带英英去高档餐厅吃饭，他细心地给她剔除虾壳，亲自喂到她嘴里。带她去旅游，四处散心。他像捧着水晶球一样捧着她。英英有些受宠若惊，同时又夹杂着不安，她的父亲在她的生活中隐退到模糊地带，只剩下一个称呼。她从来没有感受到来自异性的温情。

　　在 KTV 某个被闲置的包房里，小曹把英英压在了沙发上。小曹说，我们一起回老家吧，开一家面馆，我们生一堆的孩子。小曹一边说一边解开英英的裤腰带。英英下意识地摇头，伸手去掰开小曹的手。小曹把英英的手推开，相信我，我会给你一个家。就在英英意识模糊的时候，门外忽然投射进来一道手电筒的光，光穿透时空，英英一个激灵，时光倒退到那个生养她的南方小镇，往事像开了阀的水龙头，一发不可收。英英猛地推开小曹，仿佛压在她身上的不是小曹，是多年前那个早已模糊的少年身影。清冽的风让英英的头脑清醒了大半，当湖水涌动，水草跟着舞动起来，生活以生动的模样全新地展示开来。在 KTV 的大门外，英英蹲在台阶上，小曹挨着她蹲下来。黑暗中，小曹的眼睛透露着无限的真诚与关切，正是这样的眼神，让英英暂时忘记了不愉快的往事，新生活以友好的姿态向她招手。

从白天到黑夜，路两旁的风景在倒退，行人在倒退，所有的事物都在倒退。城市的车水马龙退去，替代的是连绵无尽的山峦，到处都是树林，望不到头的山路，然而庆幸的是小曹一直陪在她身边。他们现在急需一本证书将彼此捆绑在一起。他们结伴而行，从一扇门进入到另一扇门，从一场旅途奔赴另一场旅途。人们奔赴在路上，也许是为了开始，也许是为了终结。他们在夜色中奔赴到了小曹的老家，一个偏僻的小山村。当红本本拿到手的时候小曹把英英送上回S市的大巴，他说他先去县城物色门店，现在他们必须短暂离别。小曹转身消失在黄泥路的尽头、山的转角，而英英继续生活在S市的一座商场里。

从小曹老家出来的英英就像刚从一座迷宫中走出来，她跟母亲一样患上了赌瘾，不同的是，她赌的是自己的生活。她给自己的生活押上了筹码。英英在等待远方的小曹，等她的赌局开牌。等待的日子是模糊而又抽象的，英英甚至记不清小曹的模样，她的脑海里只有一个为她剥虾的男人形象，他们一起走过的风景以及虚无而又宽厚的怀抱，这些细节像一团团洁白柔软的棉花，让她感到暖。她已经很久没有这样的感觉了。在外面的这些年，她始终与父母保持着疏离感。表面上看她已经与父母和解了。每个人的身体里都住着另一个自己，他们只有在深夜或者独处的时候才会出现，他们将宿主往相反的方向拉，试图分裂出两个自己。

小曹从县城传来好消息。门面找到了，那是他为英英打开的新大门，只是凭他一个人还没法完全将这扇门推开。他需要英英的帮助，房租费还差了几万，小曹又是兴奋又是遗憾地跟英英憧憬着他们的未来，一个男人跟一个女人的未来需要金钱去构建和维护，没有钱的夫妻就像是将房子建在了悬崖上，一打开门就是万丈深渊。小曹欲言又止，没事的，我再想想其他的办法。小曹每天都会跟英英分享他所在的县城，那里的人情风俗、物价、绿化，这是多么适合情侣们生活的一座城市。他们还没有度过热恋期，连空气都是甜的。英英问还差多少钱，她不想给他们的生活留下遗憾。女人们永远不会明白，当一个女人开始心疼男人时，就是她倒霉的开始。小曹在半推半就间拿了英英的钱。在收到钱的那一天，小曹隔着屏幕对英英说，老婆放心，我一定不会辜负你的，等我这边门店装修好了，落实了，我就来接你。那是他们联络最密切的一天，新生活的大门就此打开。

一个有着极强事业心的男人是很难将精力持续放在女人身上的，小曹忙着门店的装修，从一开始的一天四五次联系英英，渐渐减少到一两次，甚至好几天都没有消息。面对英英的质疑，小曹说，我们都已经不小了，能不要这么幼稚地整天谈情说爱，你想我，我想你的呀。小曹说，我这一天天已经够累了，你能不能懂点儿事？

英英说，要不我辞了这边的工作去找你，等店开了，你一个人也忙不过来。

她想跟这个日益消沉的男人同进共退。

小曹拒绝了，我这边还没装修好，一切都还不稳定。我不想你跟着我受苦，等等吧，等我这边上轨道了你再过来。

英英忽然发现她除了小曹的手机号码跟微信，其余一概不知。小曹突然变成了一个谜，那个小山村消失在那一晚的夜色中，仿佛一开始就不存在了，只是英英的一场幻觉。她去找原来的房东，却被对方告知他对小曹并不是很熟悉，只是他朋友的朋友。房东的态度已经很明确了。

最后看在他曾经挣了英英的房租的份上，房东提醒英英，小曹并不姓曹，具体再多的，房东便不再愿意透露。房东的嘴就像蚌壳，你越想撬开它，它闭得越紧了。

终于有一天，英英联系不上小曹了。内心开始隐隐地担忧起来。小曹像一辆汽车从她身旁经过，载了她一程，忽然冲进拐角，消失不见。英英独自坐在空荡荡房子中央，她想不通，她想知道答案，这是天下女人的通病。她们倾尽所有，撞破南墙，只为求一个答案。然而男人们大多不会让女士们遂愿。英英对着小曹的微信，写了又删，删了又写，到底什么都没有说。绅士小曹消失了，他在沉寂了一段时间后毫不客气地指责了英英，又是想不想这样无聊的问题。没有必要了，没有必要再解释什么……

英英吃不下睡不着，无数个深夜，她直挺挺地坐在床头，没有眼泪。她一动不动的样子像极了一个深刻的思想家。她的思绪出现了紊乱，小曹的吻、小曹的怀抱、小曹身上的气息，像消失在空气中的尘埃。尘埃没有消失，它们被光赶到了另一面。哪里有光，哪里就有尘埃。她拼尽了全力，在回忆里感受着她跟小曹的过往。一切好似幻觉一场，哦，幻觉。沿途风景再美的旅程，也有到站的时候，现在，小曹已经下车，英英还沉浸在小曹留下的余温中。

当柳絮在河堤边舒展，当春天的第一缕风吹开了河面的薄冰，英英走在河堤边，感受到了无尽寂寥，这是独在异乡的味道。冬天和小曹同时离开了，小曹已经在英英的记忆中消失了，或者说是英英刻意地选择了遗忘。在小曹消失的那段时间里，英英有过非常短暂的伤感。女士们如果想要减肥，又不想受节食与运动之苦，不妨谈一场撕心裂肺的恋爱。

5

英英回了老家，父母已经老了，母亲不再嗜赌，父亲也很少酗酒。生活已经将他们身上的棱角磨平。他们现在更关心女儿的婚事。母亲每一次面对英英，只有一个目的，让她回家相亲。英英很顺从，她不再反抗，对母亲的安排言听计从。所有的过往都被掏空，她成了一具没有灵魂的躯壳。彼时英英是一个拥有自己店铺的小老板，在旁人眼里也算是小半个成功人士。临到了晚年，父母忽然戒掉了身上的陋习，现在俨然一对恩爱夫妻。他们共同经营一份事业，为他们的宝贝女儿觅得一位佳婿，是后半生的目标。

英英对父母忽然的转变一时有些不适应，然而到底也是高兴的。母亲在一次跟英英的闲聊中感慨，夫妻就是夫妻，少来夫妻老来伴，人这一辈子图啥，不就是有个知冷知热的人相伴左右吗？

母亲叠着刚收上来的衣服，经过了一天的日晒，衣服有蓬松的、阳光的味道。她漫不经心地将衣服一件件叠好。

你父亲年纪大了，知道爱惜自己的身体了，自从上一次村里免费体检，查出肝脏有问题时，他就戒酒了。戒酒不是那么容易的，想喝酒的时候呀，我就给他一颗糖。

母亲说着，脸上满是知足的笑意。

有一回在牌桌上，我忽然一阵心绞痛，你父亲，破天荒地没有跟我吵，在医院里跑前跑后，我看得出他还是很紧张我的。曾经我以为我与你父亲的关系就这样了，曾经恩爱的我们被生活琐事折腾得一身戾气，温柔的生活消失了，不再属于我们。然而这样的感觉现在又回来了。所以，英英哪，人这一辈子哪还是得找个伴。

英英这一回没有怼母亲，她默默地帮母亲拾掇着衣物，陷入了沉思。

现在，让我们把目光重新放到陈泽身上，他与英英的关系有条不紊地向前发展着，就像一辆汽车驶过平坦的公路，一切障碍都不存在。他向英英求婚，他们的关系在双方父母的见证下走到了实处。新生活再一次拉开了序幕。

自从去过民政局后，英英的情绪变得十分不稳定，每次她躺在陈泽的身下，心里都会涌起一阵又一阵浑浊不堪的情绪。学生时代的她，母亲摸牌那双灵巧的手，父亲身上呛鼻的酒气，南方小镇，消失的小曹，永远得不到的答案……直到他们去登记的那一天，她独自保留的秘密，那些就快被遗忘的秘密，因为即将到来的新生活，慢慢地浮出水面。

在回去的路上，英英打开了车窗。这时，一道微醺的春风拂来，面对陈泽，英英露出了极为腼腆、看上去十分淑女的微笑，你有过消失的经历吗？

陈泽一愣，摇摇头，然后笑了，他用宽厚的手掌紧紧握住英英的手，传递着某一种坚定的讯息。

英英报以回应，也握紧了陈泽的手。

公路两旁的绿化带里，一丛丛或淡粉或淡紫的小雏菊在微风中轻轻摇曳，平凡却又璀璨。

夜风中的栀子花

1

单排四轮早早就停在了路口，陶春坐在驾驶室，左右观望了一番。他一时摸不清自己是在等谁，前妻茹英，还是最近频繁走动的竹君？路旁的栀子花丰腴肥美，细腻绵柔的花朵点缀着层层绿叶。微风轻拂，空气里飘浮着浓郁的香气，十分俗气的味道。陶春利索地从驾驶室下来，他刚洗了个澡，身上有淡淡的肥皂的味道。他将驾驶室里的杂物一并挪出，扔在了房门后隐秘的地方。前妻茹英经常出现在路的尽头，她拖着肥胖的身躯，一点儿一点儿挪动着脚步，慢慢地朝陶春的房子走来。她仍然穿着结婚前的衣服，宽松的，随意的，一切似乎未曾改变，她熟稔开门的姿势就好像她依旧是这个房间的女主人。离婚证成了一个摆设，一件虚无的东西。总有一些关系，证件也割舍不断，毕竟她还是两个孩子的妈。陶春又往路口张望了一下，他得确定今天路的尽头不会有他前妻的身影出现。

竹君领着女儿小花站在花坛边。已经是傍晚六点的光景，阳光依旧强烈，它跨过山的尽头，穿透树林，以直行不可逆的姿态将光打在了陶春家二楼的玻璃窗上。竹君抬起头，光有些刺眼，她忍不住眯起了眼睛，抓紧了小花的手。竹君年轻的时候喜欢栀子花浓烈而张扬的味道。何林将它们摘下来挂在床头，整个房间弥漫着清甜的香味。无数个日夜，她与丈夫何林在香气里相拥而眠。香气包裹住了他们。自从丈夫何林去世后，她便过着清汤寡水的生活。栀子花枯萎了，洁白的花瓣消失了，只剩枯黄的干花瓣，无精打采，颓然挂着。何林死于心肌梗死。在一个再寻常不过的夜晚，何林睡下去以后就再也没有醒过来。他静静地躺着，睡着了一般，裸露在外面的皮肤呈云雾状，暗紫色的红色瘀痕触目惊心。这样的场景在何林下葬很久后依然在竹君脑海里挥散不去。她时常出现幻觉，何林还在她身畔躺着。竹君不止一次在梦里扑空，醒来时身边空落落的。何林走的时候小花才三岁，竹君也不过三十出头。一开始身边很多热心的人给她介绍对象，竹君一一婉拒，她不想小花受委屈。十年的光阴，竹君一个人挺了过来。一个女人，带着一个年幼的孩子，她至今回忆起来仍有些不可思议，仿佛那是被偷走的十年。

陶春已经打开副驾驶的门，他有些难为情的，君，委屈你跟小花挤一挤。

竹君先把女儿托上去，自己紧跟着上去，她把女儿放在她的膝盖上。一阵风将栀子花的味道送到了这对拘谨的男女面前。这是他们第一次这么近距离接触。事实上他们已经很熟了，他们像热恋中的年轻人一样，寻找一切机会视频电话。中年男女都说些什么情话呢？竹君问，昨天给你送去的老鸭煲味道怎么样？

爱一个人，恨不得将他的胃填满。竹君会煲各种各样的汤，老鸭煲、黄芪炖老母鸡、海参炖排骨。她隔三岔五给陶春送来一道炖品。她把心揉进了炖品里，陶春喝下去的不是汤，是被揉碎了的她。喝下了汤，她与陶春就交融到一起了。

最近正是杨梅成熟的季节，街上都是小贩，杨梅的叫卖声充斥着这个夏天。竹君独自驱车去往一百多公里外的布袋山，那里盛产高山杨梅。汽车很快离开平坦的公路，山路旋转，百转千回，当感觉前方没有路的时候，一个一百八十度旋转，柳暗花明，路又出现在眼前。细碎的阳光干净透明，穿透翠绿的树荫，洒落在挡风玻璃上，随着汽车的行驶不断变幻着光芒。路两边或高或低，或苍劲或隽秀的树木迎面而来，直逼眼前，远处蓝天白云，仿佛在画中行走，一时让人忘了是在悬崖边上行驶。高山上空气清新，杨梅经过云雾的滋润，另有一番味道，然而它们长在危险的地方，不是人人都能摘得到。

傍晚的时候竹君拎着一筐鲜红的杨梅出现在路口。她站在王婆家的店铺门口。陶春已经跟她交代过了，让她先在王婆这里等一会儿。消失了一段时间的茹英忽然出现，她的出现打破了陶春与竹君的约会。天色渐渐暗了下来，竹君将自己隐藏在了黄昏的阴影里，没有光。她想了很久都想不通，陶春已经离婚，她也丧偶多年，明明是一对没有羁绊的男女，然而她无法出现在光照着的地方。竹君在王婆这里等了很久，看着天彻底黑下来，路灯在路旁闪着幽幽的光。陶春家里的灯忽然熄了，她又等了一会儿，没有人出来。她将杨梅留在了王婆家。出门的时候王婆拍了拍她的手，叹息声很快被呼啸而过的车声淹没。竹君等了一个晚上，窗外的栀子花在夜色里泛着清冷的光。她没有等来陶春的消息。

人们经常见到一个女人的身影出现在陶春的家门口。人们都说陶春艳福不浅，前妻虽然离婚了，依然把这里当成自己的家，时不时回来看望两个孩子。现在又有别的女人倒赶着追上来。对门的王婆，每次见到竹君，都要不自觉地摇头，她亲眼看着一个女人走向深渊。没见过女的这样倒贴一个男人的，这么多年没男人都过来了，现在她却急切地想用男人填满自己的后半生。

陶春很瘦，细长的，往那一站，像一根麻秆，不到五十的年龄，背已经微微有些驼。他的指甲由于长期被烟熏染，整个指甲盖呈暗黄色。他一脚将离合器踩到底，一脚踩住刹车，松开挂挡位的时候，有些年份的汽车颠了几下，像哮喘病人喘了几下，气顺了，通了。车里的男人女人找到了恋爱的关系，他们俨然成为一家人。

透过倒车镜，竹君看到了一张并不年轻的、黝黑的脸。这是一张被阳光洗涤过的脸。泪在上面留下过痕迹，风在上面粗粝地刮过。自从何林去世后，竹君就在男人与女人的身份间切换，女人的活儿她做，男人的活儿她也做。她一门心思扑在女儿身上。何林是独生子，给她留了两间商铺，一年租金大概十几万。在 W 市，她还有一间学区房，马上女儿就要送过去上初中了。竹君觉得心里空了，过去十多年的时间里她满心满脑装着女儿，现在，女儿长大了，就要从她的身边飞离了。夜晚的时候她一个人面对空荡荡的老房子，她看到何林躺在床上对着她招手，一眨眼的工夫，何林不见了，女儿胖嘟嘟的身体在楼板上爬来爬去。再仔细看去，女儿也消失了。竹君回到了现实，现实是她一个人待在冰冷潮湿的老房子里，就像待在一座活的坟墓里。

2

去年的时候竹君在郊区承包了二十亩的西瓜地，这是一片靠海的郊区，因为特殊的土壤构造，结的西瓜又甜又脆，吸引了大批的人前往购买。竹君闲不住。

陶春就是这个时候出现的，一个离异的男人经常开着他的破旧的四轮出现在郊区的道路上。由于某种原因，他停在了竹君的摊位前。后来用陶春的话说，这是冥冥中的召唤，他与她都逃不过。没有谁能逃过命运的安排。

竹君开始注意起自己的衣着言行，她不再素面朝天，走在街上的时候她总是不经意被美容院吸引到。这些临街的店铺灯火通明，装修豪华，竹君从来没有留意过街上的美容院，它们仿佛一夜间出现。终于有一回，竹君打开了美容院的大门，打开了通往另一个世界的门。她在美丽的美容顾问的带领下，走进了一个小房间。雪白的墙壁上贴着一张海报，上面的女人肤若凝脂，一双清澈无辜的大眼睛盯着每一个进入到房间里的人。仿佛在说，想不想变得跟我一样美丽？在美容顾问的引导下，竹君将头伸进了一个球形的仪器里。美容顾问说这是一款检测肌肤健康状态的仪器。女人们的脸哪怕涂再厚的粉，打扮得再精致，一旦将脑袋伸到里面，就会现出原形。毫无疑问，竹君的脸上有炎症，还有成片的青春期留下的痘印、黄褐斑、老年斑。新与旧的问题交替着。竹君吃了一惊，她竟然有老年斑了。这意味着她不再年轻，年轻是昨日的事，昨日已经离她很远了。竹君看着电脑上被仪器拍下的一张张照片，红的蓝的橙的，星星点点，布满屏幕。她忍不住自惭形秽，怀疑起自己作为一名女性的身份。

年过四十的竹君躺在了美容院的洁白的床上，美容顾问针对她的肌肤问题制定了一套详细的方案，她被领到一间静谧的房间里，灯光很暗，房间里飘着轻柔的音乐，美容师的光滑的指腹轻柔地抚摸过她脸上的每一寸肌肤。她在一缕缕似有若无的香薰里放松下来。在这里，竹君即将完成她的蜕变。

西瓜、杨梅、鲜荔枝，炖好的老鸭、母鸡，不断地有食物被竹君送到陶春的房间里去。这对竹君来说是一件很不容易的事，她必须提防随时可能出现在马路尽头的茹英。从法律的角度来说，陶春与茹英已经不是夫妻关系。但是从情分上讲她还是两个孩子的母亲。中国人最讲究情分，也最害怕情分。面对时不时出现的茹英，竹君感到十分迷茫。竹君长得十分瘦弱，万一在陶春的家门口碰到茹英，她无法想象那个像棉花一样的女人会做出什么举动。竹君十分诧异，面对一个离了婚的女人，她竟然一点儿底气都没有。

王婆坐在门口，陶春家门口的一草一木都在她的眼底。她对这家人的行踪了然于胸。也许是女人的第六感，茹英出现得越来越频繁。有好几次，竹君差点儿就碰到她了。

竹君拎着一个袋子，里面有丝瓜，还有几个甜瓜，她穿过马路，出现在了王婆门口。她的身上沾染了雨雾，湿漉漉地站在王婆面前。自从认识陶春后，竹君更瘦了，她的两条腿分得很开，圆规似的，兀自为营，她只有在视频里才能放下戒备，沉浸在陶春的世界里。然而在现实中，她靠近不了那座房子。陶春的前妻依然以女主人的姿态隔三岔五地出现在曾经的家里。离婚证在两个儿子面前显得微不足道。

3

茹英固执地沉迷于一项手指运动，在她还是陶春的妻时，她是村里老人俱乐部的常客。在那个烟雾缭绕的房间里，茹英的双手在牌桌上灵活地运作着。一张张牌在她的运作下十分团结紧凑，为她赢得筹码。当然也有手气背的时候，一个电话，陶春的四轮就吱吱呀呀地出现在了老人俱乐部的门口。茹英的背后站着陶春，一个女人的底气来自她背后站着的男人。茹英不是一个贤惠的妻，她既不会做饭，也不会打扫家里的卫生。她的穿着相当的随意，一年四季只有四套衣服似的。不只是她，陶春，还有两个孩子，他们都显得相当随意。时间在他们这里凝固了。

王婆家里开着杂货铺，小小的店铺里经常坐着一天到晚无所事事的村民。时间被无限拉长，他们坐在王婆的店里，有人的地方就有流言，伴随着唾沫、烟屁股。偶尔陶春也会过来坐一会，陶春的脸灰蒙蒙的，老婆对他来说只是个称呼。有好事者拿他老婆做谈资，戏谑地问道，茹英又去"拣塑料"了？

陶春早就习惯，他的目光扫视了一圈坐着等太阳落山的人们，可不是，"拣塑料"好啊，挣钱！

茹英已经十多天没有回家了。他们的婚姻的根基已经开始动摇，茹英已经不满足于单纯地搓麻将。

茹英隔几天就会消失一段时间，她提着一个松松垮垮、有些年份的挎包，消失在公交车站台。公交车喷着尾气消失在路的尽头。王婆站在路边的电线杆旁，她一手撑着腰，一手扶住电线杆，凌厉的眼神很快将秘密戳穿。没有谁能瞒得过王婆的眼睛。

隔壁的李婆拄着拐杖从王婆身边经过，王婆朝公交车消失的方向努了努嘴，喏，又坐着车走了。

李婆已经很老了，她朝着路的尽头看了看，继续低头走路。

王婆以一副过来人的姿态劝竹君不要与陶春纠缠。

你得不到好处的，她说，他们有两个儿子。

然而竹君已经陷进去了，新鲜的水果、美味的食物，依然持续不断地被运输到陶春的房间里。食物很快就将陶春的两个孩子收买。人活一张嘴，人们进进出出，最终的目的不就是为了一副肚皮？甚至，她还为陶春做了一次担保。在银行的门口，陶春拍着胸脯说，放心吧，君！从银行出来后，这对男女就绑在了一起。在一次次与陶春的聊天中，竹君兴奋得难以入睡。眼睛还没有合上，天就已经亮了。天边的朝霞透着魅惑的色彩，她的生活，就要打开五彩斑斓的新局面。

　　竹君将王婆的话抛到了脑后，在新的恋情面前，她根本就没有招架的能力，她像老房子忽然被人放了一把火，干涸已久的河忽然被灌入大量的水，哪怕这个水是污浊不堪的。竹君谁的话都不听。

　　茹英又一次打电话给陶春，陶春正在焊一道铁门，飞蹦出来的铁花像极了过年时放的烟火，然而它们不是烟火，不光刺耳、扎眼，还夹杂着难闻的味道。那是铁被灼烧的味道，是生活透露的糜烂的味道。生活毫无生气。陶春准备先回去冲个澡。推开门，门后的扫帚忽然倒了下来，陶春冷不丁被吓了一跳，一个激灵，他又踢到了脚边的饮料瓶。房间里到处都是饮料瓶，茹英喜欢将喝过的空瓶子收集起来，她说空瓶子可以换钱，然而那些饮料瓶东一个，西一只的，它们长期充斥着拥挤的房间。陶春很多次提醒茹英将空瓶子收到袋子里。空瓶子依旧在这个房间里东倒西歪，发出叮叮当当的声响。时间久了，陶春听到茹英踢瓶子的声音就知道她今天是赢钱还是输钱了。当瓶子发出轻柔的、舒缓的声音时，我们的女主人茹英心情愉悦地回来了，当它们被茹英粗暴地踢到某个角落，发出尖锐的声响时，陶春就知道今天这个女人又要消失了。陶春并不是每一次都会去给茹英善后。卧室里的衣物随意地堆放在各个角落，茹英扯过挎包，胡乱往里面塞了几件衣物，转身消失在楼道拐角处。

陶春站在窗帘后张望，他并没有将窗帘全部拉开，他躲在暗处，看到茹英这一次上了一辆黑色的私家轿车。

生活已然像这座房子一样乱哄哄，在又一次离家出走回来后，陶春提议两个人暂时分开。这个提议很快获得了茹英的赞同，离婚证为这对男女挽回了尊严。现在，眼前的这个女人跟他已经没有任何关系，她上公交车还是私家车已经对他构成不了威胁。同样，离婚证为她带来了便捷，她在公交车与私家车之间自由行走，走在路的尽头，她的胸挺得直直的。

这样的生活过了一段时间，茹英就觉得厌倦了，她又出现在路的尽头，她有充分的理由再次出现在这个小村庄。她与陶春育有两个孩子，离婚证割断不了血缘关系，他们之间只是多了一张虚无的证。

茹英依然去老人俱乐部"拣塑料"，依然会在输钱后给陶春打电话，一切都没有改变。家只是她暂时栖息的港湾，家于她而言，只是一个可以落脚的地方。这样的局面，一直维持到竹君出现。

4

茹英的大儿子已经上大学，很少回家。她的小儿子陶建在周末的时候会回家。家是什么呢？在陶建的印象中，家就是冷灶冷锅，是灯罩下面灰色的蜘蛛网。茹英只有在周末的时候才会施展厨艺，到底还是有那么一丁点儿残留的母性情怀。然而茹英做的饭菜极其潦草，不是没有烧熟就是烧焦了，再不是就是锅没洗干净，烧出来的菜沾满了一粒粒细小的锅灰。她并不具备贤妻良母的潜质，她的双手，只能在牌桌上游刃有余。在陶建的有限的回忆里，他的生活就如这些令人沮丧的饭菜一样，没有一丝期待与波澜。竹君的出现让他有些受宠若惊，当一道道美味的食物被一个陌生的女人带到他的面前，当它们颠覆了他的味蕾，他心中的天平摇摇欲坠。母亲的话在他耳边越来越远，母亲说，建，如果那个女人来了，你一定要立刻告诉我！然而他已经爱上了父亲带回来的陌生女人的饭菜。它们经由口腔进入胃里，令陶建感到一种身心被填满的充实的感觉。母亲的形象在他面前模糊起来。

茹英一次次去往陶春的房子，她的第六感不是那么灵敏，她一次次与竹君失之交臂。茹英诧异地发现房子变了，曾经属于她的领地，发生了变化。空的饮料瓶不见了，地面空荡荡的，平日里随处可见的杂物被整齐地摆放在角落。卧室里随意搁置的衣服也整整齐齐地码在衣柜里。这个曾经她熟悉的房子，就像一堆胡乱散落的积木，忽然被整齐地叠放起来，仿佛是她入侵了别人的领域。

村庄里开始有流言，陶春有了两个女人，一个是前妻，虽然离婚了，但是有两个孩子绑着，藕断了丝到底还连着。还有一个是竹君，一个能干的中年妇女，既能下田干活又能进厨房烧得一手好菜。她用食物征服了陶春以及他的两个孩子。然而后妈难当，尤其是两个儿子的后妈。人人都在等着看好戏。

陶春将车停在了一家川菜馆前，现在，他想让自己与竹君的关系更近一步。包间的门被关上，陶春将烟掏出来，又塞回去，他偷偷地打量着竹君，眼前的这个女人穿着一条深黑色的连体裙，灯光打在她的脸上，令她的脸庞更加立体深邃，原先粗粝的眉毛不见了，取代的是柳叶一般的细眉，恋爱让人变得更加注重细节。竹君的皮肤也肉眼可见的细腻起来，她甚至还戴了一副珍珠耳坠，身上传来若隐若现的香水的味道。

陶春又将手伸进衣兜里，这一次他掏出的是一本红彤彤的证书，"离婚证"三个烫金大字宣示了陶春目前的身份。

竹君，你看，我没有骗你，我是一个有离婚证的人。

可是你的前妻目前为止还自由地在你的房子里出入。

美味的菜肴陆续被端上来，竹君面前的碗里堆满了陶春夹过来的菜。甚至小花的碗里也堆满了陶春夹给她的菜。男人急切地想表现自己。

陶春说，竹君，请你给我时间。

当一个男人对女人说"请给我时间"时，女人倘若信了，就会掉进男人设计的时间深渊里。除了等待，女人别无选择。等待，是对天际无尽地追逐，它们就在眼前，再往前一点点，就能够得着，然而无论你怎么奔跑，它们一直在你看得见的地方，你并没有拉近彼此的距离。

离婚证在这个时候有了特殊的意义，它就像一把刀，将陶春与过去的生活一刀切断。

陶春说，竹君你愿意与我共度余生吗？

就在我们的陶春快要单膝下跪时，就在他准备打开一个红色的丝绒首饰盒时，包间的门被粗暴地推开了。

门撞击墙壁的声音将房间里的人拉回了现实。首饰盒停滞在空中。一道肥胖的影子扑过来，她略开了陶春，她的目标是竹君。在三角的男女关系里，似乎女人与女人才是强劲的敌人，男人被抛在一旁，尴尬地看着女人们撕扯，仿佛他们是无辜的受害者。穿了裙子的竹君根本不是茹英的对手。王婆说得对，淑女在悍妇面前不堪一击。布料撕裂的声音割破了凝固的空气。陶春缓过神来，他一把推开茹英。

他用肢体语言表明了自己的立场。

茹英一个趔趄，好，很好，你们关起门来是在做什么！

陶春将离婚证摔在桌上，啪的一声，砸中了一道菜，汤汁溅到桌子上，顺带着将离婚证也弄脏了。

陶春怒吼道，我们已经离婚了！

竹君羞愤难当，她的一条精致的眉毛在撕扯中被抹去眉尾，裙角也被扯坏。她拉起小花，迅速离开。

陶春追了出来，他撇下了前妻。追逐的过程中，竹君闻到了空气里栀子花的香甜的气息，一阵又一阵的风吹过来，她快速地穿过马路，忽然脚下落空，她醒了过来，右腿仍不受控制地抽搐了一下。

天色大亮，阳光将窗帘照成了透明色。床头的枯萎的栀子花提醒着竹君她此时正睡在床上，刚才的一切不过是一场梦境，竹君大汗淋漓。

5

电话响了，是陶春。

竹君，你今晚有空吗？

竹君说，我刚刚做了一个梦。

竹君养了十几只鸭子，它们差不多都进了陶春以及他的儿子的肚子里。竹君说我给你带一只卤鸭吧。

已经过了栀子花开的季节。一场雨过后，花朵耷拉着，在枝叶间无精打采。

陶春的车停在路边，他没有下车，在驾驶室招呼竹君上车。陶春的手里捏着一本红彤彤的本子，上面的"离婚证"三个字似曾相识，竹君想起来了，就在刚才，在梦境里，陶春向她展示了自己的离婚证。

竹君坐在副驾驶位上，她还没从梦境中缓过神，突如其来的离婚证劈开了长久以来笼罩的阴霾。竹君想，这么长的时间以来，她的食物没有白白付出。现在，她坐了下来，黑色的长裙包裹住了她的身体，显示出中年女人特有的风情。美容顾问的手划过她的脸颊，她说，没有丑女人，只有懒女人。

陶春说话了，他的语气相当正式、严肃，他说，竹君，你看，这是我的离婚证。在跟你交往之前，我确实是离了婚的，我没有脚踏两只船。

这是一个很普通的傍晚，故事里的男人与女人坐在一辆破旧的四轮车里。陶春今天的话有点儿多，他先是做了一番回忆，回忆了他以往的婚姻，婚姻给他的生活带来了两个重要的人，他的两个儿子，哦，不，还有一个人，他的前妻，孩子的母亲，她也是他们生活中不可或缺的一部分。虽然她热衷于"拣塑料"，并且经常不顾家，消失在马路的尽头。然而有一点儿毋庸置疑，她是两个孩子的母亲。这一点儿，不可动摇，毕竟，身体里流淌的血液是无法更改的。

竹君喝了一口小花给她买的柠檬水。有点儿甜。明明刚才交代过要少糖，竹君还是被蒙到了，甜腻得很，胃里忍不住翻江倒海。她有些疑惑，眼前的这个男人，他这是在喋喋不休地说什么，他要表达什么？求婚需要这么烦冗的流程吗，需要将过往再回忆一遍？

陶春终于将回忆延伸到与竹君交往的这段时间上来了，他十分绅士地摸了摸竹君的手背，蜻蜓点水一般，跟你在一起的这段时间是我最愉快的日子。非常感谢你给我带来的快乐。

然而，男人打住了，他观察了一下竹君，你知道的，孩子不能没有母亲。茹英怎么说也将孩子一手拉扯大……

梦境中的丝绒首饰盒并没有出现，一对男女，尴尬地坐在车里。四轮车虽然破旧不堪，但是修修补补还能开。

竹君望了一眼路边开败的栀子花，黄昏已经谢去，夜雾逐渐弥漫，栀子花在夜风吹拂下发出沙沙的声音。